पेंगुइन स्वदेश

कच्चा आंगन

अमृता प्रीतम पंजाबी के सबसे लोकप्रिय लेखकों में से एक हैं। अमृता प्रीतम का जन्म 1919 में गुजरांवाला पंजाब (भारत) में हुआ। उनका बचपन लाहौर में बीता और शिक्षा भी वहीं हुई। किशोरावस्था से उन्होंने लिखना शुरू किया। उन्होंने सौ से अधिक कविताओं की पुस्तकें लिखी, साथ ही फिक्शन, बायोग्राफी, आलेख और आटोबायोग्राफी लिखकर साहित्य में नया मुकाम हासिल किया। इनकी तमाम पुस्तकों का कई भारतीय भाषाओं सहित विदेशी भाषाओं में भी अनुवाद हुआ। अमृता प्रीतम पहली महिला लेखिका हैं, जिन्हें 1956 में साहित्य अकादमी पुरस्कार मिला। 1982 में उन्हें *कागज़ ते कैनवास* के लिए ज्ञानपीठ पुरस्कार मिला। 2004 में पद्मविभूषण भी प्रदान किया गया।

कच्चा आंगन

अमृता प्रीतम

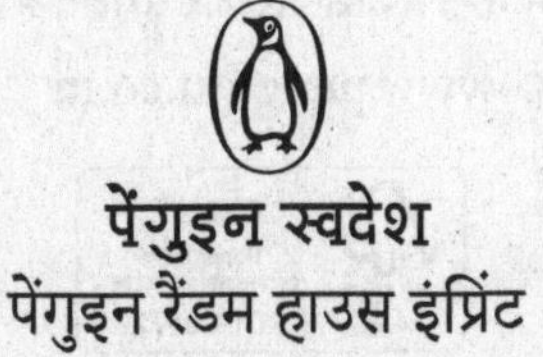

पेंगुइन स्वदेश
पेंगुइन रैंडम हाउस इंप्रिंट

पेंगुइन स्वदेश

यूएसए। कनाडा। यूके। आयरलैंड। ऑस्ट्रेलिया। सिंगापुर
न्यू ज़ीलैंड। भारत। दक्षिण अफ्रीका। चीन

पेंगुइन स्वदेश, पेंगुइन रैंडम हाउस ग्रुप ऑफ़ कंपनीज़ का हिस्सा है,
जिसका पता global.penguinrandomhouse.com पर मिलेगा

पेंगुइन रैंडम हाउस इंडिया प्रा. लि.,
चौथी मंज़िल, कैपिटल टावर-1, एम जी रोड,
गुरुग्राम 122 002, हरियाणा, भारत

पेंगुइन
रैंडम हाउस
इंडिया

प्रथम हिन्दी संस्करण हिन्द पॉकेट बुक्स द्वारा 1998 में प्रकाशित
प्रस्तुत हिंदी संस्करण पेंगुइन स्वदेश में पेंगुइन रैंडम हाउस द्वारा 2026 में प्रकाशित

10 9 8 7 6 5 4 3 2

ISBN 9789353496746

मुद्रकः रेप्रो इंडिया लिमिटेड

www.penguin.co.in

मेरे मन के कच्चे आंगन से
तेरे नाम की मिट्टी बोल रही...

क्रम

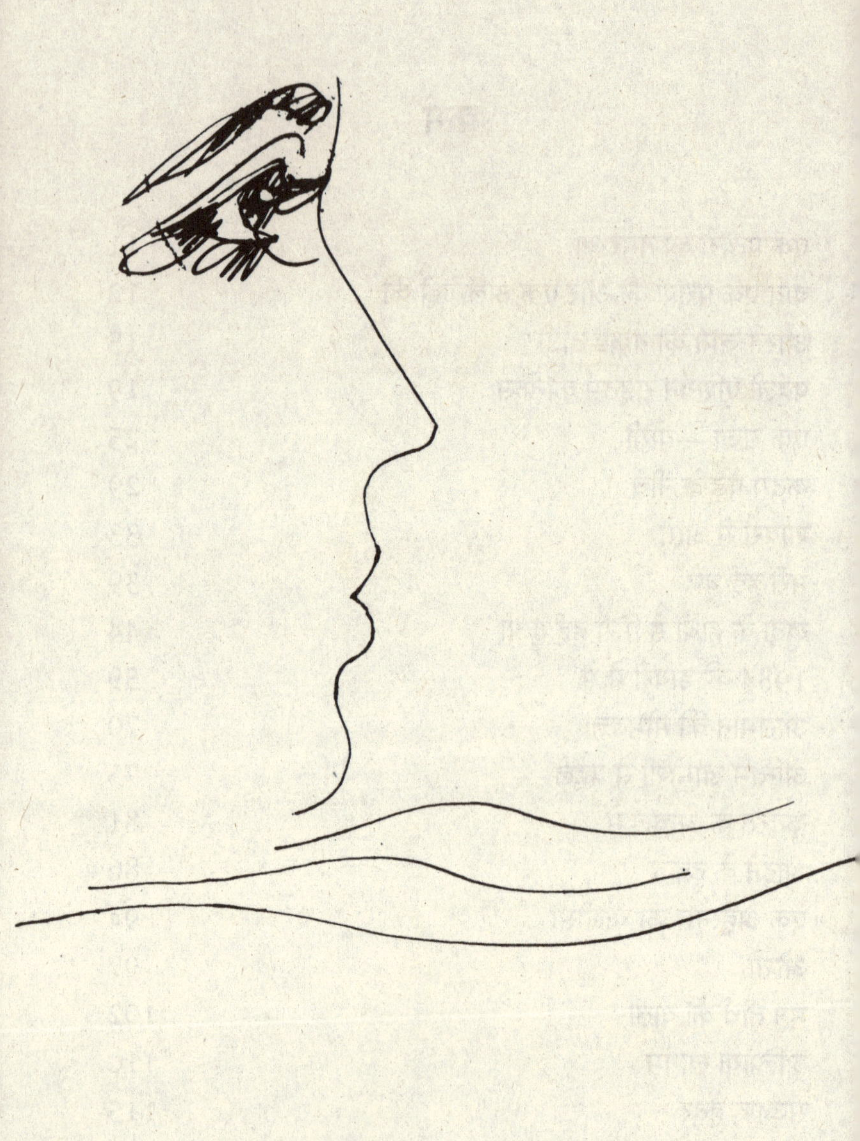

मां—राज बीबी

पिता—नन्द साईं

पिता—जो उन दिनों नन्द साधू थे।
राज बीबी उनकी जवानी का सपना बनीं
और मैं—उनके सपने की ताबीर-सी पैदा हुई।

एक पत्थरों का नगर था

एक पत्थरों का नगर था
सूर्य वंश के पत्थर, चन्द्र वंश के पत्थर
उस नगर में रहते थे...

एक थी शिला, एक था पत्थर उनका
उस नगर में संजोग लिखा था...

मैं आग की लपट-सी पैदा हुई
जब उनके बदन से—
तब देह की आग को धुएं की घुट्टी चटाई
उस समय हंस दी पवन की दाई
और रो दी जिसने कोख से जाई...

पत्थरों की गोद में आग नहीं खेलती
कि और शिला की ज़बान कुछ नहीं बोलती...

उन्होंने और कुछ नहीं कहा
और जनमती आग ने
लपट-सा एक हावका लिया...

बात एक पत्तण की और एक अलगोझे की

साहित्य, चित्रकला और ज़मीन की मिट्टी से जुड़ी हुई संस्कृति को दीवानगी की हद तक मुहब्बत करने वाला, सरकारी निज़ाम की एक बड़ी और ज़िम्मेदार हैसियत भी रखता है। यह घटना अक्सर नहीं होती, लेकिन यह महिन्दर सिंह रंधावा की सूरत में हुई, जो देश की तक़सीम के वक़्त दिल्ली के डिप्टी कमिश्नर थे...

तब मेरे जैसे बहुत से लोग थे, जो तकसीम के साथ अपने ही वतन में जलावतन हो रहे थे...बड़ा कड़ा वक़्त था। रोटी-रोज़ी का एक बहुत बड़ा मसला सामने था और उस समय रंधावा साहब ने मुझे आल इंडिया रेडियो, दिल्ली में पंजाबी प्रोग्राम पेश करने की मुलाज़मत दे दी थी...

बाद में—1956 में जब अकादमी अवार्ड मिला, तो रंधावा साहब ने कहा–तुझ से कभी अपना घर नहीं बन पाएगा, एक हज़ार का चैक अभी दो, डी. एल. एफ. के नाम, वहां किश्तों में ज़मीन मिल जाएगी, घर बनाने के लिए और जहां घर है—सिर पर एक छत्त है, वही ज़मीन थी, जो रंधावा साहब के कहने पर मैंने ली थी...

उन्होंने पंजाब के और कांगड़ा वादी के लोक गीत इकट्ठे किए थे। उन्हीं दिनों की बात है, जब उन्होंने अंदरेटा वादी में मुझे बुलाया और अपनी लोक-गीतों की किताब की भूमिका लिखने को कहा। शायद वह चाहते थे कि वहां कांगड़ा वादी की हरियाली, पहाड़ों की ओर से आती भीगी-सी हवा और नदी से पानी ला रही पहाडिनों के पैरों की पायल मेरे अक्षरों में उतर जाए...

सिर्फ़ मैं नहीं थी, पंजाब के कई शायर और चित्रकार थे, जिन पर रंधावा साहब की मेहरबानियां बरस गई थीं। साथ ही किसानों के साथ जाने उनका कितना गहरा रिश्ता था कि याद आता है–एक बार मैं और इमरोज़ उनके कहने पर अंदरेटा गए थे, और जब उनकी गाड़ी में उनके साथ वापिस लौट रहे थे कि आसमान इस तरह बरसने लगा कि चार हाथ की दूरी पर भी कुछ नज़र नहीं आता था। उस वक़्त मैंने

महिन्दर सिंह रंधावा के साथ

रंधावा साहब को एक तरह से तड़पते हुए देखा, "फसलें खड़ी हैं, और इतना पानी बरसेगा, तो फसलों का क्या होगा...?"

पंजाब के शायरों, चित्रकारों और किसानों ने सचमुच एक ऐतिहासिक समय देखा, जब तक वह रहे।

कांगड़ा वादी में अक्सर एक गीत पहाड़ियों में गूंजता सुनाई देता है 'अलगोझा बजदा पत्तणे की मेरा मन नहीं लगदा कत्तणे की, मियां अलगोझुआ यानी अलगोझा बजाने वाले मियां अलगोझू। पत्तण पर तेरा अलगोझा सुनाई देता है, तो कातने में मेरा मन नहीं लगता—कह सकती हूं कि उनका होना, वक़्त का पत्तण भी थी, अलगोझा भी, जिससे लोगों के दिलों की धड़कन संगीतमय हो जाती थी...

औरत ज़ात की नक्कड़ दादी

नोरा रिचर्ड का वजूद एक उस प्याले की तरह दिखाई देता. जो जिंदगी से छलक रहा हो..

उसका नाम सुना हुआ था कि किसी ज़माने में वह और उसका ख़ाविंद इंग्लैण्ड से आए थे, लेकिन जब उसका खाविंद लाहौर के किसी कॉलेज में बरसों काम करने के बाद नहीं रहा, तो नोरा लौटकर इंग्लैण्ड नहीं गई। उसने इस देश की मिट्टी से जाने कैसी पहचान पा ली, उस मिट्टी से जाने कौन-सा नाता बना लिया कि कांगड़ा वादी में अंदरेटा नाम के गांव में एक पहाड़ी के पहलू में अपना घर बना लिया..

बात 1995 की है, जब एक प्यारा-सा इत्तफाक हुआ कि श्री महिन्दर सिंह रंधावा जब कांगड़ा के लोक-गीत इकट्ठा कर रहे थे, और उन्होंने मुझे दिल्ली से वहां बुलाया था। उन पेड़-पत्तों के पास रह कर, उस गांव के लोगों के पास रहकर—उनकी पुस्तक की भूमिका लिखने के लिए...

एक पहाड़ी के साथ पीठ टेककर बना हुआ, अब नोरा का घर कच्चे घरों की एक छोटी-सी बस्ती बन चुका था। उसी बस्ती में ओपन एअर थियेटर की तरह एक चौपाल-सा बना था, चारों तरफ छोटी-छोटी सीढ़ियों वाला, जहां कोई नाटक खेला जा सकता था। नोरा तबीयत से एक नाटककार थी, उसने कई पंजाबी नाटकों का निर्देशन किया था, इसीलिए अब उसे पंजाबी नाटक की नक्कड़ दादी कहा जाता था। वहां कभी-कभी कोई शियेटर मण्डली जाती, गांव के लोगों को इकट्ठा करती, और नोरा की बस्ती में रहकर पहाड़ी गीतों की आवाज़ उस पूरी पहाड़ी में गुंजा देती...

उसकी बस्ती में थोडे-थोडे फासले पर जो कच्चे घर तरतीब दिए गए थे, वहां उस नाटक मण्डली के, या किसी विश्वविद्यालय के लोग ठहर सकते थे...

नोरा की अपनी मिट्टी की काटेज मैंने देखी, तो देखती रह गई, वहां कोई भी ऐसा सामान नहीं था, जो उस वातावरण को ग़ैर लगता हो। मिट्टी का एक थड़ा-सा,

नोरा रिचर्ड के साथ

मेज़ का काम देता था, जहां दोपहर-शाम नोरा अकेले में बैठकर खाना खाती और दिन में वहां टाइप राईटर रखकर कुछ लिखती रहती...

अंदरेटा गांव बिल्कुल पास पड़ता था, जहां से एक लड़का घरों को बुहारने लीपने के लिए उसके पास रहता था—वही चश्मे से पानी लाता, जंगल से लकड़ियां बीनकर लाता, आग जलाता, और नोरा के लिए चाय, कॉफ़ी, या दाल-भात पका देता...

उसकी गुज़र-बसर के लिए उसके खाविंद की पैनशन थी, और सुना कि उसे कभी ज़रूरत पड़ती, तो लन्दन के किसी दोस्त से, वह कुछ पैसा मंगा लेती—जिससे दिन-त्यौहार पर कुछ मिठाई लेकर गांव के लोगों में बांट देती...

रंधावा साहब वहीं नोरा के मेहमान हुए थे, इसलिए जब मैं वहां पहुंची, मेरे साथ मेरा छोटा-सा बेटा था, जिसे दिल्ली में अकेला नहीं छोड़ सकती थी। हम दोनों को एक प्यारा-सा कच्चा घर रहने को मिला, एक ही कमरा, जिसकी खिडकी से दूसरी तरफ़ की खाई और खाई के साथ उठती हुई पहाड़ी दिखाई देती थी। साथ ही लगा एक गुसलखाना था, जिसमें पानी का मटका रखा हुआ था, नहाने के लिए...

लगा—रंधावा साहब बहुत दूरंदेश थे। चारों तरफ़ उगे पेड़ों की हरियाली, पक्षियों की आवाजें, दूर-पास से गुज़रती पहाड़नों के पैरों की पायल—उस घाटी की आत्मा की तरह थे, जो दिन के उजाले में भी, और रात के अन्धेरे में भी धड़कती हुई सुनाई देती थी...

वहीं बैठकर रंधावा साहब की पुस्तक के लिए जो लिखा, उसके कुछ हर्फ़ थे–'आध्यात्मिक वाणी को, अगर हम आकाश से उतरी वाणी कहते हैं, तो कहना होगा कि लोक-गीत ज़मीन की छाती से पनपते हैं...ये लोगों की वे धड़कनें हैं—जो मिट्टी की पर्तों में उतर जाती हैं, और फिर पत्थरों को चीर कर पानी के चश्मे की तरह बह निकलती हैं... उनका लटबावरा बदन किसी काव्य-शास्त्र का मोहताज़ नहीं होता, उनके दिव्य हुस्न को अलंकारों का श्रृंगार नहीं सुहाता, उसकी बावरी जवानी को पिंगल की मात्राओं का सहारा नहीं भाता, वह तो अंतर के बाद से ही संगीतमय हो जाती हैं...

वहां चारों तरफ़ बहती हुई हवा में नादमय होते हुए पेड़ों के पत्ते उनके फूलों के रंग, और दूर-पास से आती, किसी नदी की आवाज़ एक जादू बुन रही थी...

और उस माहौल में मैंने नोरा के मन का सौन्दर्य देखा, जो वहां एक पर्वत की

तरह अकेली थी, दूर पार के पर्वतों पर पड़ी बर्फ की तरह अकेली, जो अपने ही अहसास से बनती और पिघलती थी...

कहने को तो नोरा को आज भी पंजाबी नाटक की नक्कड़ दादी कहा जाता है, लेकिन अब, जब वह नहीं है, उन्हें सोचती, तो अहसास होता है कि वह औरत ज़ात की नक्कड़-नक्कड़ दादी थीं...

पहली एशियन राइटर्स कॉन्फ्रेंस

एक इतिहास होता है, जो काग़ज़ पर लिखा जाता है, और खुदा जाने उसमें कितना सच होता है और कितना झूठ...

एक इतिहास होता है, जो इन्सान के बदन पर लिखा जाता है, और जाने उसमें कितना दर्द है, पर दुनिया यह कभी नहीं जान पाती।

और एक इतिहास होता है, जो जंगल के फूलों की तरह खिलता है, और इतिहास-लफ्ज़ के दायरे में प्रवेश नहीं करता।

कुछ इसी की बात करूंगी, जो किसी ने न देखा। बात 1956 की है, जब दिल्ली में पहली एशियन राइटर्स कॉन्फ्रेंस हुई थी..

कॉन्फ्रेंस में बड़े-बड़े मसलों की बात करनी थी, लेकिन कुछ छोटे-छोटे प्यारे-प्यारे मसले भी थे, कॉन्फ्रेंस की ओट लेकर हल किए जा रहे थे–

मसलन—उर्दू के अदीब कृश्न चंदर की अभी सलमा सिद्दीक़ी से रस्म के मुताबिक़ शादी नहीं हुई थी, लेकिन यह कॉन्फ्रेंस जी भरकर मिलने की एक बहुत बड़ी ओट थी और एक दिन छोटा-सा हंगामा हो गया—कृश्न चंदर और तीन-चार अदीब एक कमरे में बैठे चाय पी रहे थे। वहां मैं भी थी और सलमा भी कि कृश्न चंदर के लिए किसी का फ़ोन आ गया। जिसका फ़ोन था, वह वहां आना चाहता था, इसलिए पूछ रहा था। यह भी कि इस वक़्त कौन-कौन वहां बैठे हैं। जवाब में इस 'ख़लल' को टालने के लिए कृश्न चंदर ने कहा-भई, कुछ अदीब बैठे हैं। एक ज़रूरी मसला है और बात करना है। इस पर फोन करने वाले ने फिर से वहां बैठे अदीबों के नाम पूछे होंगे कि जवाब में कृश्न चंदर ने एक-एक का नाम लेते हुए सलमा का नाम नहीं लिया और कहा, "वग़ैरा-वग़ैरा..."

सलमा में एक नमकीन-सी खूबसूरती है, और वह उसी नाजुक अदा से रूठी-

साहिर के साथ

सी बोल पड़ी, "यह वग़ैरा-वग़ैरा तो मैं ही हूं ना?" और जितने दिन कॉन्फ्रेंस चलती रही, दोस्तों में सलमा का नाम यही चलता रहा– 'वग़ैरा-वग़ैरा'।

विज्ञान भवन से कनॉट प्लेस नज़दीक पड़ता था, और वहीं बलवंत गार्गी रहते थे। कॉन्फ्रेंस की भीड़-भाड़ से, घड़ी-भर अकेले होने के लिए एक दिन कृश्न चंदर सलमा को लेकर बलवंत गार्गी के यहां चले गए। उन्हें इत्मीनान से बातें करने के लिए एकान्त चाहिए था। उस वक़्त बलवंत गार्गी को चाहिए था कि वह अपने को लापता कर लेते, लेकिन वह बार-बार उस कमरे में चले जाते, जहां कृश्न चंदर और सलमा बैठे हुए थे।

उस वक़्त तो कृश्न चंदर ख़ामोश रहे, लेकिन दूसरे दिन कॉन्फ्रेंस में जहां मैं और नवतेज खड़े थे, वहां आए और कहने लगे-अरे, पंजाबी वालो! यह आपका बलवंत गार्गी कैसा नाटककार है? उसे तो एंट्री और एग्ज़िट का भी पता नहीं चलता।

कॉन्फ्रेंस में जो एशियन डेलीगेशन आया था, वह सबसे बड़ा था, इसलिए साथ दो औरतें थीं—उनकी दुभाषिया। उन दोनों में से एक मिस आक्साना थी, जो हमारे पंजाब के कहानीकार नवतेजसिंह को पहले से जानती थी। इसलिए कॉन्फ्रेंस में अक्सर वह दोनों साथ-साथ रहते, और एक बार जब काम से थकी हुई आक्साना ने नवतेजसिंह की ओर हाथ किया—एक सिगरेट? तो नवतेज चुप-सा रह गया। वह आक्साना को कैसे समझाए कि सिखों की जेब में सिगरेट नहीं होती. लेकिन उसे एक उदासी हुई कि वह अपनी दोस्त की एक छोटी-सी ख्वाहिश भी पूरी नहीं कर सका। इसलिए दूसरे रोज़ से उसने सिगरेट की डिब्बी ख़रीदकर अपनी जेब में रखना शुरू कर दी और आक्साना जब काम में मसरूफ़ अचानक उसकी ओर हाथ बढ़ा देती, तो वह जेब से डिब्बी निकालकर एक सिगरेट उसे पेश कर देता।

कॉन्फ्रेंस के बाद नवतेजसिंह को अपने गांव लौटना था, प्रीतनगर, कॉन्फ्रेंस की रिपोर्ट लिखने के लिए और वक़्त पर अपने अखबार में देने के लिए, लेकिन जब वह एक हफ्ते के बाद फिर दिल्ली आया, तो बहुत उदास था। मुझे कहने लगा– "अमृता जी, मैं नहीं जानता था कि यह बीवियां अपने मर्दों के कोट की जेब भी सूंघती हैं। आपको मालूम है, मैं जेब में सिगरेट रखता था आक्साना के लिए, लेकिन मेरी बीवी ने मेरे कोट की जेब सूंघ ली, और मुझ पर इल्ज़ाम लगाने लगी कि मैं अब सिगरेट पीने लगा हूं, और घर में खासा हंगामा कर दिया।"

एक हज़रत अपने को अफ़सानानिगार कहते थे। कॉन्फ्रेंस के पहले दिन ही साहिर के पास आए और कहने लगे–"यार, एक किताब ख़रीदने लगा, तो देखा, कुछ पैसे कम पड़ रहे हैं, कुछ रुपए देना।" और साहिर ने जेब में हाथ डाला, छुट्टे रुपए नहीं थे, एक सौ का नोट देते हुए कहने लगे–"लो, इसे तुड़वा लाओ"–और फिर सारा दिन वह हज़रत कहीं नज़र नहीं आए। जाने खुदा, उस नोट का क्या हुआ...

दूसरे दिन कॉफी हाउस में मैं और साहिर कॉफ़ी पी रहे थे, जब वह हज़रत दिखाई दिए। दूर नहीं, वह बिल्कुल हमारी मेज़ के क़रीब खड़े थे और आंखों में एक इल्तज़ा लिए साहिर से कहने लगे–"भई, इनायत होगी, महज़ पांच रुपए चाहिए..." और साहिर ने एक सौ का नोट निकालकर उसे दे दिया। मैंने पूछा, "आज फिर क्यों?" तो साहिर कहने लगे, "देखना चाहता हूं, यह हज़रत कब तक शर्मिन्दा नहीं होते।"

और तीसरे दिन एक सबब था कि लॉबी में चलते हुए वह हज़रत एकदम से सामने आ पड़े, और जब वह हज़रत आंख चुराकर निकलने लगे, तो साहिर ने आगे होकर कहा, "यार, एक काम करो, एक माचिस ला दो कहीं से।" और साथ ही एक सौ का नोट जेब से निकालकर आगे कर दिया...

मैं सोच रही थी, अब के वह नोट नहीं पकड़ेगा...पकड़ नहीं पाएगा, लेकिन देखा—उसका हाथ आगे हुआ और नोट को लेते हुए वह सर झुकाकर जल्दी से इस तरह गुज़र गया, जैसे यह नोट उसने किसी की जेब से चुराया हो।

कुछ वाक़यात सही मायनों में वाक़यात भी नहीं कहे जा सकते, और न उनके पास कुछ कहने को होता है, लेकिन यूं ही जब कभी याद आ जाएं, तो एक रोमांस-सा हो आता है...

ऐसा ही एक वाक़या था, जब नेपाल एम्बेसी ने कुछ डेलीगेट्स को दावत दी, और नेपाल की टोपियां तोहफे के तौर पर पेश कीं-सिर्फ पेश नहीं कीं, हमारे सिरों पर पहनाईं और तस्वीरें उतारी...हम लोग बार-बार आईना देख रहे थे और हंस रहे थे उस समय की श्री हरिवंश राय बच्चन के साथ मेरे पास एक यादगार तस्वीर है।

डेलीगेट्स जिन होटलों में ठहराए जाते हैं, एक कॉन्फ्रेंस वहां रात को होती है, जिसे कोई नहीं देख पाता। मैं भी कभी नहीं देख पाई, लेकिन नवतेज उनमें शामिल होता था, खासकर वहां जहां रूस के डेलीगेट्स ठहराए गए थे।

उसी ने मुझे बताया कि रूसी डेलीगेट्स जहां ठहरे हुए हैं, वहां रात को वोदका पीते हुए वे 'मिस कॉन्फ्रेंस' का चुनाव करते हैं...

इंद्राणी रहमान मिस इंडिया थी, और अक्सर कान्फ्रेंस में आती थी। वह सब डेलीगेट्स को बहुत ख़ूबसूरत लगती थी, लेकिन उन्होंने 'मिस इंडिया' नहीं, 'मिस कॉन्फ्रेंस' चुनने का एक गेम बना लिया था। एक दिन नवतेज ने मुझे आकर बताया कि कल के इस गेम में आपको 'मिस कॉन्फ्रेंस' चुना गया है, और एक जार्जियन शायर आए हुए हैं–ईराकली आबाशीदज़े। उन्होंने रात को आप पर एक नज़्म भी कही है।

यह सुनी-सुनाई बात थी। मुझे सीधा इसका कोई इल्म नहीं था और दूसरे दिन जब नवतेज ने मुझे ईराकली आबाशीदज़े से मिलाया, तो एक दिक्क़त उनके सामने थी कि उन्हें अंग्रेज़ी बिल्कुल नहीं आती थी, इसलिए कोई बात नहीं हुई।

कुछ सालों के बाद मुझे एक किताब डाक से मिली, जो जार्जियन ज़बान में थी, लेकिन साथ की चिट्ठी से इतना पता चला कि उसमें ईराकली आबाशीदज़े की वह नज़्म थी–जो मुझे मुख़ातिब थी, लेकिन मैं नज़्म से वाक़िफ़ नहीं हो सकी। वह जार्जियन भाषा में थी।

यह तो 1966 में जब मैं जार्जिया गई, वहां के शायर शोता-रूस्ता वैली की आठ सौ साला बरसी पर, तो मुझे खास तौर पर ईराकली आबाशीदज़े की बीवी ने अपने घर बुलाया। दुभाषिए की मदद से छोटी-छोटी बातें करती रहीं, और फिर कहने लगीं–"आज मेरा खौफ़ दूर हुआ है। तुम्हें देख लिया। अच्छा हुआ, तुम वैसी नहीं हो...नहीं तो सारी जिंदगी मैं खौफ़ज़दा रहती। मैं सोचती थी, मेरा ख़ाविंद हिन्दुस्तान की किसी औरत ने मुझसे छीन लिया है–मैं बार-बार अपने खाविंद की नज़्म पढ़ती थी और हिन्दुस्तान को गालियां देती थी...कॉन्फ्रेंस को गालियां देती थी..." और मैं हंस दी। ईराकली की पत्नी को गले से लगाते हुए मैंने कहा–"क्या आप मान सकती हैं कि वह नज़्म मैंने आज तक नहीं पढ़ी..."

हर कॉन्फ्रेंस में हर डेलीगेट को एक बैज दिया जाता है। इसी तरह इस कॉन्फ्रेंस में भी जब हम सबके नाम के बैज हमारे कोटों पर लगाए गए, तो साहिर ने मेरे पास होकर मेरे कोट से मेरे नाम का बैज उतार लिया और अपने कोट पर लगा लिया, और अपने नाम का अपने कोट से उतारकर मेरे कोट पर लगा दिया...

देविंदर मेरे और साहिर के दोस्त थे, इसलिए एक जगह जहां साहिर और मैं खड़े थे, वह पास आ गए, और जाने किस तरह उनकी नज़र साहिर के कोट पर लगे बैज पर पड़ी, तो कहने लगे–"अरे, यह तो अमृता के नाम का बैज है..." साहिर ने बैज की ओर देखते हुए कहा–"यह कॉफ्रेंस के जो लोग बैज लगा रहे थे, उन्होंने ग़लती से लगा दिया होगा..."

और वह गलती न साहिर ने दुरुस्त की, न मैंने। साहिर के नाम का वह बैज आज तक मेरे पास है, जिसके मुताबिक़ मैं साहिर हूं, और जो साहिर के पास था, उसके मुताबिक़ वह अमृता था...

एक राजा-योगी

पहली मार्च, 1961 का दिन था, जब मुझे वियतनाम के प्रेज़ीडेंट हो-ची-मिन्ह का तार मिला था–"आई सेंड यू माई फ्रेंडलियेस्ट एडमाएरेशन एण्ड काईंडेस्ट रिगार्ड्स।"

इस तार के लफ़्ज़ों में एक ख़ामोश आवाज़ थी कि मैंने तेरी नज़्म पढ़ ली है... मैंने 1957 में एक नज़्म लिखी थी—

यह कौन-सा राजा है—कौन-सा योगी है
जिसने जिंदगी के पैरों से कांटा निकाल दिया है...

वियतनाम की धरती से आज पवन पूछने आई है
कि मेरे इतिहास की आंख से आंसू किसने पोंछ दिया..

एक पहर रात बाक़ी थी कि धरती को एक सपना-सा आया
कि आसमान के खेतों में जाकर किसी ने सूरज बीज दिया..

पतझड़ की डंडी पर आज फूलों ने गुलाबी से क़दम रखे हैं
यह कौन-सा अक्षर है–जो इन्सान की मुहब्बत ने लिख दिया...

इस नज़्म का तर्जुमा वियतनाम के अखबार 'न्हन-दन' में 25 मई, 1958 को प्रकाशित हुआ था। मेरे मन में से एक चाह-सी उठती थी कि वह नज़्म लिखते हुए जिसका चेहरा मेरे सामने था–वह नज़्म उसकी आंखों में से गुज़र जाए, पर साथ ही यह हक़ीक़त भी सामने थी कि हर अखबार का सफ़ा किसी मुल्क के प्रेजीडेंट की

हो-ची-मिन्ह

नज़रों में से नहीं गुज़रता और फिर तीन वर्ष बाद अचानक वह तार आ गया, जो इस नज़्म को पढ़ लेने की तस्दीक़ करता था...

हो-ची-मिन्ह एक सियासतदान भी थे और एक शायर भी, पर मैंने उनकी लिखी नज़्में और उनकी लिखी जेल की डायरी बहुत बाद में पढ़ी थी पर उनके भीतर का शायर उससे बहुत पहले देखा था, जब दिल्ली में उनके साथ मेरी एक मुलाक़ात हुई थी।

उनके स्वागत में दी गई एक बड़ी दावत में मुझे हो-ची-मिन्ह से परिचित करवाते हुए किसी ने मेरे बारे में सिर्फ इतना बताया था कि मैं शायरा हूं, और हो-ची-मिन्ह ने आगे होकर मेरा माथा चूम लिया था। कहा था–"हम दोनों सिपाही हैं। दुनिया की ग़लत क़ीमतों के ख़िलाफ़ लड़ रहे हैं। मैं तलवार से लड़ता हूं, तू क़लम से।"

उस समय उनके लफ़्ज़ों से मेरा मन भर आया था। महसूस हुआ कि मैं दुनिया में वह पहला सिपाही देख रही हूं–जिसने नज़्म जैसी ज़िन्दगी की कल्पना माथे में डालकर हाथ में तलवार पकड़ी हुई है..

हो-ची-मिन्ह की सूरत में मैंने एक जलाल देखा था, और इसीलिए कुछ दिनों बाद मैंने जब उन पर एक नज़्म लिखी, तो नज़्म में उन्हें राजा भी कहा और योगी भी वह मुझे एक ऐसे फूल की सूरत में दिखाई दिए थे, जो फूल सियासी हालात की पतझड़ में भी पूरे जोबन में खिला हुआ था।

इसके बाद में जाना कि उनका योगी रूप सिर्फ़ मेरी नज़्म का सच नहीं था, वियतनाम के इतिहास का भी सच था। पता लगा कि वह एक मुल्क के प्रेजीडेंट होकर जिस खेमे में रहते हैं, वहां सिर्फ़ एक टाइपराइटर पड़ा होता है और एक कोने में उनकी साइकल और पहनने के दो जोड़े कपड़े रखे हुए हैं, एक पहनने के लिए और एक धोने के लिए। उनका कहना है कि जब तक उनके देश के सभी लोगों को इससे ज़्यादा कपड़े नसीब नहीं होते, वह भी अपने लोगों की तरह सिर्फ़ दो जोड़े ही अपने पास रखेंगे...

हो-ची-मिन्ह से मेरी मुलाक़ात का सच पहले मेरी एक नज़्म का सच बना, और फिर आने वाले वर्षों में वह मेरी हर सोच का सच बन गया...

वह 'गलत' क्या था, कहां था, जिसके ख़िलाफ़ उन्होंने तलवार उठाई थी, और मैंने क़लम...

देख रही हूं–वह मेरे पूरे समाज का वह नज़रिया है, जिसने समाज के शक्तिहीन वर्ग को अछूत कहकर दूर झोंपड़ियों में बिठा दिया है और समाज के शक्तिशाली वर्ग को देवता कहकर मंदिरों में बंद कर दिया है और इस तरह अपने हर तरह के ग़लत की रक्षा के लिए–दोनों पहलुओं को अपने समाज से बहिष्कृत कर दिया है। 'अपमानित' और सम्मानित' के दो लफ्ज़ समाज ने दोनों ओर बिठा दिए हैं, पहरे पर बिठा दिए हैं, और उनके बीच उसने अपनी हर मनमानी के लिए अपना स्थान सुरक्षित कर लिया है।

और देख रही हूं कि वह 'ग़लत'—जिन दो छोरों के बीच में फैला हुआ है—उसका एक छोर समाज ने अपने हाथ में लिया हुआ है और दूसरा सियासत ने अपने हाथ में लिया है। यह उस गलत की एक भयानक साज़िश है, जो 'अरेंज्ड मैरिज' से लेकर 'अरेंज्ड राइट्स' के दो सिरों के बीच में फैली हुई है।

एक बेबसी का आलम है, जिसमें मेरी हर सोच तड़पती है–और कभी-कभी कुछ अक्षर उसमें से ख़ून के क़तरों की तरह बह आते हैं और वह हो-ची-मिन्ह की मुलाक़ात वाला एक क्षण मेरे प्राणों की तरह कांपता है...

कदम पेड़ के नीचे

1983 का दिसंबर का महीना था, जब विश्व भारती ने मुझे डी. लिट. की ऑनरेरी डिग्री देना थी, जिसके लिए मैं पहली बार शांतिनिकेतन गई थी...रवींद्रनाथ ठाकुर की ग़ैरहाज़िरी में रवींद्रनाथ ठाकुर का शांतिनिकेतन मेरे लिए कितना खुशगवार और कितना नागवार तज़ुर्बा होगा–मुझे जाने से पहले अनुमान नहीं था।

वहां पांच घर बने हुए थे–एक-दूसरे के आसपास। सुना कि एक बड़ा और रिवायती घर बनाने के बाद जब रवि ठाकुर वहां रहते हुए ऊब गए, तो उन्होंने दूसरा घर बनवाया—बड़ा छोटा और पनपसंद का। फिर उससे भी ऊब गए, तो एक कच्चा घर बनवाया, जिसकी दीवारों को कई तरह के रंगों से चित्रित किया। फिर एक और बनवाया, जहां उगते सूरज की लाली सीधी उस घर के माथे पर पड़ती थी, और फिर एक और...

उन्होंने घरों के नाम भी रखे थे–उद्यान, कोणार्क, श्यामली, पुनश्च और उदीची, और मैं बारी-बारी से हर घर की दीवार को अपने हाथों से ऐसे छूती रही, जैसे अब वे पांचों तत्त्व मिलकर रवींद्र ठाकुर की काया बन गए हों, सात परतों वाली चेतना...

उस सात-सात पत्तियों के गुच्छों को छूते हुए मेरे सामने वह समय आकर खड़ा हो गया, जब मैं अपनी बहुत छोटी उम्र में एक बार रवींद्र ठाकुर से मिली थी...

वह आधी सदी पहले की लाहौर की बात है, जब मेरी उम्र मुश्किल से चौदह-पन्द्रह बरस की थी, और मेरे पिताजी शहर से बाहर की ओर बनी हुई उस कोठी में गए थे, जहां सुना था कि रवींद्रनाथ ठाकुर आकर ठहरे हुए हैं...

मैं उस वक़्त छोटी-छोटी नज़्में लिखती थी, पर समय के बहुत बड़े माने हुए

रवीन्द्रनाथ ठाकुर

शायर से मिलने के वक़्त इतनी संकोच में थी कि धीरे से नमस्कार कहकर उनकी कुर्सी के बाईं ओर बैठ गई थी। उस समय मेरे पिता ने आगे होकर कहा था-यह बच्ची नज़्में लिखती है, इसे अपना आशीर्वाद दें।

रवींद्रनाथ ठाकुर ने अपना हाथ आगे बढ़ाकर मुझे अपने पास बुलाया और एक नज़्म सुनाने को कहा। जानती थी—मेरी पंजाबी ज़बान का कोई भी अक्षर उन तक नहीं पहुंच सकेगा, पर उनके कहने को मोड़ा नहीं जा सकता था। मैंने एक नज़्म सुना दी।

बड़ी साधारण नज़्म थी। उसकी एक सतर मुझे अब भी याद है–मोती मिलेगा कोई अनमोल तैनूं, तोड़-तोड़ के सिप्पियां फोलदा जा (तुझे कोई अनमोल मोती मिलेगा, तू सीपियां तोड़-तोड़कर देखता चल)।

पर अंदर कहीं एक हरकत-सी भी थी कि मेरा कोई अक्षर भी उन तक नहीं पहुंच सकता था...उनके आसपास कुछ और लोग भी बैठे थे। इनमें से एक कोई मेहरबान आदमी भी था, जिसने खड़े होकर मेरी नज़्म का अंग्रेजी अनुवाद कर दिया। उस समय रवि ठाकुर ने जिस तरह मेरे सिर पर हाथ रखा, और भीगी हुई नज़र से मुस्कराए, मैं उनके चेहरे का जलाल देखती रह गई थी...अगले दिन ट्रिब्यून अख़बार को देखा कि यह ख़बर छपी हुई थी कि रवि ठाकुर ने किस तरह एक बाल-शायरा को अपना प्यार दिया।

नहीं जानती थी कि इस खबर में आने वाले वक़्त की किसी तरह की पेशीनगोई छिपी हुई थी, पर उस दिन 1983 में जब वह लाहौर वाली मुलाक़ात मेरे सामने साकार हो गई, तो लगा कि उसने मेरे पर एक बहुत बड़ा करम भी किया था और एक बहुत बड़ा कहर भी ढाया था।

यह भी अहसास हुआ कि अगर आज इस विश्व भारती की ओर से मुझे यह डिग्री न दी जाती, तो मैं शायद कभी भी शांतिनिकेतन नहीं आती, और कभी भी इस रहस्य से वाक़िफ़ नहीं होती कि मेरी उठती जवानी के बरसों में रवि ठाकुर की वह मुलाकात मुझे हमेशा के लिए किस तरह की खुशी और किस तरह की उदासी दे गई थी।

आगे के बरसों में अपनी ज़ुबान के माने हुए शायरों की मुलाकातों में इतनी उदासी क्यों मिली, लगा कि इसका राज़ उस एक घड़ी की मुलाक़ात में छिपा हुआ है, जो एक सचमुच के शायर के साथ मेरी पहली मुलाक़ात थी। यह मैं अब 1983

में पहचान सकी कि उस मुलाक़ात ने मेरे सामने एक शायर की ऐसी सूरत रख दी थी, जिसके अंदर एक ऋषि-मन जागृत हो गया होता है, और मेरे लिए हर शायर की पहचान वही हो गई थी। वह जो अपनी अनजानी-सी उम्र की एक नज़्म मैंने कभी अपनी अच्छी नज़्मों में शुमार नहीं की। लगा कि यह राज़ भी उसी नज़्म में था कि उम्र-भर कई सीपियां देख-देखकर आख़िर मुझे एक मोती ज़रूर मिलना था, जो इस पहचान की सूरत में मिला है कि कोई अदीब शायर सही मायनों में सिर्फ़ उस वक़्त एक अदीब या शायर होता है, जब उसके अंदर ऋषि-मन जागृत हो जाता हैं।

1983 का बरस था। मैं 'कदम' पेड़ के नीचे खड़ी थी और मेरे माथे पर तिलक लगाकर, मेरे हाथों में नारियल और डिग्री दी जा रही थी–पर देखा, यह 1983 कोई पचास बरस पीछे चला गया है, और मेरे सामने रवि ठाकुर खड़े हैं, और जैसे मेरे पिता ने चाहा था, वह मुझे अपने हाथ से आशीर्वाद दे रहे हैं...

शायरी से आगे

आंखों के सामने खुला आसमान था और बादल उसकी छाती में कुछ इस तरह सरसरा रहे थे, जैसे कभी अकेले में हमारे भीतर कितने ही ख्याल सरसराते हैं, और अचानक 'कुढ़-कुढ़' का एक कोलाहल कानों में टकराने लगा...

मैंने, कुछ हैरान-सी ने, हवाई जहाज़ की खिड़की से सटा हुआ सिर उठाकर इधर-उधर देखा, तो पता चला कि कलकत्ता से भुवनेश्वर जाने वाले इस जहाज़ में कितने ही वे टोकरे ले जाए जा रहे थे, जिनमें मुर्गे बंद किए हुए थे

इन आवाज़ों से अजीब कोफ़्त हो रही थी कि मेरी ओर देखकर, पास ही सीट पर बैठे हुए दिनकर कहने लगे–"अमृता! ये हमारे आलोचक हैं, जो शायरी की कोई आवाज़ हमारे कानों में आने नहीं देते।"

याद हो आया-कुछ ही दिन पहले जब मैं नेपाल गई थी, तो पशुपतिनाथ मन्दिर की सीढ़ियां चढ़ते हुए इर्द-गिर्द इतने बन्दरों को देखा कि डर-सी गई थी। उस वक़्त प्रमोदकुमार सान्याल मेरे साथ थे। हंसकर कहने लगे–"अमृता, उधर मत देखो, इनसे आंख न मिलाएं, तो ये कुछ नहीं कहेंगे। ये हमारे आलोचक हैं। इनकी ओर कभी देखना नहीं चाहिए–बस, अपनी कला की राह चलते रहना चाहिए।"

मैं हंस दी। क्या हर ज़बान के अदीबों का एक-सा ही तजुर्बा है? उस दिन यही बात बंगला के कथाकार सान्याल कह रहे थे, और आज हिन्दी के शायर दिनकर वही बात कह रहे थे।

उड़ीसा के सालाना समागम में दिनकरजी को भी पहुंचना था और मुझे भी। और इस रास्ते में अजीब इत्तफ़ाक़ हुआ कि 'लाइफ़' का जो अंक मैंने पढ़ने के लिए उठाया, उसमें सामरसेट मॉम का एक मजमून था, जिसमें आलोचकों को मुख़ातिब होते हुए सामरसेट के लफ़्ज़ थे—तुम आलोचक लोग जो मन में आता है, लिखे जाओ, मैं तुम्हारे मजमून कभी पढ़ता ही नहीं।

दिनकर जी

मैंने और दिनकर जी ने इसी फ़िकरे पर अमल किया और 'कुढ़-कुढ़' की आवाज़ों से कान बंद करते हुए अपनी शेरो-शायरी की बातें करने लगे। दिनकर खिड़की में से बाहर बादलों की ओर देखते हुए अपनी एक नज़्म कहने लगे–मैं एक शायर ऐसा झरोखा हूं, जिसमें से दुनिया बाहर की ओर देखती है।

"हां–इसी बाहर की ओर देखने के लिए ही तो उड़िया साहित्यकारों ने आपको याद किया है।" मैं कह रही थी, जब भुवनेश्वर का हवाई अड्डा दिखने लगा और साथ ही वे लोग, जो हमें लेने के लिए वहां आए हुए थे।

हमारा पहला मुकाम एक सरकारी 'गेस्ट हाउस' था, जहां हमारे मेज़बान हमें चाय-पानी देते हुए पूछने लगे–"आप लोग क्या खाना पसंद करेंगे?"

दिनकर कहने लगे–"अजी एक सांप और कछुए को छोड़कर आप जो भी खाने को देंगे, ठीक होगा।"

और कुछ देर बाद, जब हम लोग समागम में शरीक हुए, तो मंच पर बैठे हुए दिनकर जी ने धीरे से मेरे कान में कहा–"आज मैं सांप की बात कर रहा था न, वह सांप कहीं मुझे भीतर से काटता है, इसलिए वही नज़्म पढ़ूंगा 'सांप वाली'।" और वह दिनकर जी की नज़्म थी–जिसमें मैंने एक ऐसे शायर का दर्शन पाया, जो शायरी में दो क़दम आगे है–

सांप के फैले हुए फन पर खड़े होकर
एक दिन कृष्ण ने बांसुरी बजाई थी...
देखो ! आज भी...
जिंदगी के सांप का फैला हुआ फन है
और मैं इंसानियत की बांसुरी बजा रहा हूं...
इंसानियत के गीत गा रहा हूं...

शची राऊत राय की नज़्म के अक्षर थे–

मेरा गांव बहत छोटा-सा था
और मेरा दिल पत्थर का एक टुकड़ा
उसी गांव में जब मधुमास आया
उसने मुझे शायर बना दिया...

मधुमास हम सबकी कल्पना में उतर आया, तो दिनकर कहने लगे–

चांद झील में उतर गया।
सितारों की फसल पानी में झूमती है
लगता है–यह चांद दरांती लेकर
सितारों की फसल काटने आया है...

रमाकांत रथ उड़िया ज़बान के एक उठते हुए शायर थे, कहने लगे–

उगता हुआ सूरज मेरे आंसुओं से गीला है
मेरी क़मीज़ की जेब में आंसू हैं
और प्रभात के चेहरे पर मेरे खून के छीटें हैं...

उस वक़्त दिनकर जी वक़्त की हौसलाअफजाई करते हुए कहने लगे–

हर सुबह एक नई नौका लाती है।
पर सागर वही, किनारा भी वही
हर दिन एक नया ज़ख्म देता है
पर पीड़ा वही, आंखों के आंसू भी वही
तू शायर है!

और इसी रोशनी में मेरी तकरीर थी–आपके और मेरे बीच भाषा की दीवार है, जो नेपाल के एक गीत में दिखाई देती है–

मेरे आसामन के चकले पर
हवा के बेलन से बेलकर
बादलों की रोटियां बनाई हैं...

वही पंजाब के गीतों में सुनाई देती है–

मुझे आसमान का लहंगा सिला दे रे!
जिस पर धरती की किनारी लगी हो..

और दूर के देश चेक गणराज्य का एक गीत जब कहता है–

मेरा सूरज एक शायर है...
जो धरती के काग़ज़ पर एक नज़्म लिखता है...

और बच्चे

उस नज़्म की नई-से-नई तुलनाएं होते हैं...

तो हर भाषा की दीवार के गिर जाने का अहसास होता है। सूरज की नज़्म के लिए सिर्फ़ चेक धरती काग़ज़ नहीं बनती, भारत की धरती भी काग़ज़ बनती है, हर देश की धरती उसका काग़ज़ होती है, और सूरज की नज़्म में जो बच्चे नई तुलनाएं बनते हैं–"वो उड़िया बच्चे भी हैं, पंजाबी बच्चे भी, और हर देश और प्रांत के बच्चे भी..."

उन दिनों मुझे हिंदी में बोलने में कुछ संकोच होता था, इसलिए कहा–"मेरी भाषा ग़लत हो सकती है, ख़ासकर दिनकर जी की हाज़िरी में बोलते हुए संकोच हो सकता है, लेकिन मेरा अहसास ग़लत नहीं हो सकता..."

मैं हैरान हुई कि अचानक दिनकर जी खड़े हुए और कहने लगे—"नहीं, अमृता! तुम्हारी हिंदी ग़लत नहीं है। तुम्हारे पास एक शैली है—शबनम की शैली..."

हम जगन्नाथपुरी देखने गए, तो दिनकरजी मेज़बानों से कहने लगे–"देखो, यह भगवान् की नगरी है। यहां मैं मुर्गा-मछली कुछ नहीं खा सकता..."

उस वक़्त मैं हंस दी। कहा, "क्या भगवान् की धरती को जगन्नाथपुरी की हद में सीमित कर दोगे?"

वह मुस्करा दिए। कहने लगे–"संस्कारों से छूट नहीं पाया हूं। रात को आठ बजे की गाड़ी से जाना है न। ऐसा करता हूं, जब गाड़ी चलेगी, भगवान् की पीठ दिखने लगेगी, तो पीठ की ओर होकर खा लूंगा..."

इतने में मेज़ पर चाय आई, साथ केक भी था। दिनकर कहने लगे–"इसमें अंडा तो होगा, मगर दिखता नहीं। मुझे नहीं दिखता, तो भगवान् को कैसे दिखेगा? यह खा लेता हूं..."

देखा, भगवान् के साथ दिनकर जी का बड़ा प्यारा रिश्ता था—जो हर रंग में ढल जाता था...

वापसी का सफ़र हमने कलकत्ता तक गाड़ी में तय किया था। आती बार दिनकर जी हवाई जहाज़ के सफर से डर रहे थे। कई बार कहते रहे थे, "अगर

धरती के साथ रिश्ता बाक़ी हुआ, तो हवाई जहाज़ ज़रूर धरती पर उतरेगा।" वापसी पर यह खतरा नहीं था, लेकिन गाड़ी में सफ़र बहुत लम्बा हो गया था। वह हैरान से कई बार कहने लगे–"हे भगवान! क्या अब कलकत्ता इस दुनिया से कहीं और चला गया है?" और फिर सोने की कोशिश करते हुए मुझसे कहने लगे–"देखो अमृता, मैं सो रहा हूं। अगर मेरा देश, गुलाम होने लगे, तो मुझे जगा लेना, नहीं तो मुझे सोने देना।"

जिंदगी में जाने कितने वक़्त आए, जब दिनकरजी के ये लफ़्ज़ कानों में सुलगते रहे, और देश के हालात जब भी एक अजीब करवट लेते हैं–कहना चाहती हूं–"जागो, दिनकर! देखो, देश में क्या हो रहा है?"

वह 1960 का वर्ष था, और फिर कितने ही वर्ष उनसे मेरी मुलाकात नहीं हुई, सिर्फ एक बार हुई–19 अप्रैल, 1974 के दिन, जब दिल्ली में एक समागम में से मैं बाहर आकर अपनी गाड़ी में बैठ रही थी कि दूर से दिनकर जी ने देखा और हाथ के इशारे से अपने पास बुलाया, कहने लगे–"बड़ी कमज़ोर दिख रही हो।" और अपनी गाड़ी में से हाथ निकालकर मेरा हाथ पकड़ते हुए कहा–"देखो, मरना नहीं। तू मर गई, तो देश की हरियाली सूख जाएगी।"

मेरी आंखें जाने क्यों भर आईं। कहा—"आप ज़िन्दा रहना, यह बात कहने के लिए, आपके बिना यह कोई नहीं कह सकता..."

और ठीक पांच दिन गुज़रे थे। 25 तारीख की सुबह थी, जब अख़बार में देखा कि रामधारीसिंह दिनकर नहीं रहे।

और मैं उस दिन जान पाई कि ठीक पांच दिन पहले, दिनकर जी से मुलाक़ात के समय मेरी आंखें क्यों भर आई थीं...

मरी हुई धूप

शिवकुमार की बात करने के लिए जब दिल्ली दूरदर्शन के लोग मेरे पास आए, तो घर की सीढ़ियों में मैंने रुक कर कही, 'ये मेरे घर की सीढ़ियां हैं, जहां शिव की आवाज़ खड़ी है–' 'दीदी मैं आ गया' वह जब भी आता था, यही सीढ़ियां चढ़ते हए, उसकी पहली आवाज़ होती थी–'दीदी मैं आ गया–'

और फिर 6 मई, 1973 का दिन एक क़यामत ले आया, और शिव की आवाज़ आसमान में खो गई। इमरोज़ ने उसी आवाज़ को कुछ स्याह लकीरों में उतार लिया, और कैनवास को सीढ़ियों की दीवार पर लगा दिया...

अब-जब भी अपने घर की सीढ़ियां उतरती हूं, या चढ़ती हूं, तो काली लकीरों में लिपटी हुई शिव की आवाज़ आती है–'दीदी मैं आ गया...'

19वीं सदी में हमारे एक शायर हुए थे–फ़ज़लशाह। उन्होंने 'सोहनी महीवाल' का क़िस्सा लिखा था, और सोहनी के जन्म की गाथा लिखते हुए कहा था–उसने शबक़द्र की रात जन्म लिया, तो उसे वही घुट्टी दी गई, जो सब आशिक़ों को दी जाती है...

और यह हक़ीक़त है कि बड़े गांव 'लोटियां' में जब शिवकुमार का जन्म हआ, 23 अक्तूबर, 1936 के दिन तो मां ने आग की नदी से पानी ला कर बेटे के होंठ गीले किए थे। वह बसंतर नदी उस गांव के पहलू में बहती थी...

फिर जब कार्तिक के महीने में उस गांव की लड़कियां पतले-पतले सरकण्डों से किश्तियां बनातीं, और सरसों के तेल के दीये जलाकर उन किश्तियों में रख देतीं, और नदी में वे किश्तियां बहाती, खुदा से कोई मन्नत मांगतीं, तो जवान हो रहे शिव के होंठ दर्द से भीग जाते...

बताओ! अब क़िस्मत की मेहंदी का रंग कैसे आएगा, अगर तक़दीर मिर्ची के पत्ते पीस कर हथेली पर लगा दे...

अमृता प्रीतम, ओ.पी. शर्मा, शिव कुमार, मोहन सिंह

हां, यही मेरे घर का कमरा था, जहां शिव कितने-कितने दिन रहता, और गाता था। एक दिन वह गा रहा था–मेरी मिट्टी में दर्द के बीज किसने बो दिए? और दुःख की कलम किसने लगा दी?–तो गाता-गाता रुक गया कहने लगा–"सुनो दीदी मैं औरत की कोख का कच्चा-सा हावका हूं, बदन की ओस में भीगा हुआ, मां की कोख के सागर में अकेले पंछी की चीख़ जैसा फिर यही दर्द मैं उम्र के बोझे में डालकर चलता रहा. 'वक़्त आया, जब यह दर्द कछ रंगीन भी हआ, पर इस दर्द के कई नाम होते हैं—इक़रार भी, तल्खी भी, तस्कीन भी और खुदा भी..."

और कहने लगा–"फिर एक दिन आया कि मेरे रंगीन से होंठ जल गए-गम की बावली से मैंने बहुत पानी दिया, उम्मीद के कुछ एक पत्ते खिले भी... लेकिन...

और वह टूटती-सी आवाज़ में कहने लगा–"फिर दीदी, उस दर्द ने मेरे भीतर एक घोंसला बना लिया...रोटी-रोज़ी का फ़िक्र हुआ, तो सोचने लगा–गेरुआ पहन कर कहीं निकल जाऊं...अजंता और अलोरा की गुफाओं में जाकर बैठा रहा, गंगा और यमुना की भीगी रेत में चलता रहा...और फिर वही दर्द मेरा गीत बन गया...

शिव अपने गांव का पटवारी था। शिजरे नसब बनाता था, शिजरा किश्तवार तैयार करता और ख़सरा गिरदौरी के आंकडे लगाता, लेकिन जब उससे एक अमीर घर की लड़की ने मुहब्बत की, तो वह अपने कसब से शर्मा गया। उसने पटवारी का काम छोड़ दिया..

उस वक़्त तक़दीर हंस दी। उसने शिव को मुहब्बत के नए गांव में फिर से पटवारी लगा दिया, सपनों की ज़मीन नापने के लिए।

पटवारी–जो हमेशा बेगानी ज़मीनों के और बेगानी फ़सलों के शिजरे बनाता...

वे दिन शिव की ज़िन्दगी के बहुत खिले हुए दिन थे। ज़मीन में दर्द के बीज बोने वाला शिव, सितारों के बीज इकट्ठे कर रहा था, जब वह ज़मीन बेगानी हो गई...

और शिव की नज़्में टूटे हुए सितारों की तरह काग़ज़ों पर झड़ने लगीं–

तेरे बिरहा की परिक्रमा करते हुए–

मैं भरी जवानी में — इस दुनिया से उठ जाऊंगा।

और एक दिन शिव यही पंक्तियां गा रहा था कि मैंने कहा–"अरे, यह जवानी में मरने की ख़बर तूने किससे सुनी है?"

कहने लगा–"जवानी के मौसम में जो भी मरता है, वह फूल बनता है, या सितारा..."

और आसमान की ओर देखता हुआ वह कहने लगा–"दीदी, सोचता हूं कि मैं जवानी के मौसम में मर जाऊं, और एक सितारा बन जाऊं। वह मुझे धरती पर नहीं देखती, शायद आसमान में देख लेगी, मैं वह सितारा बनूंगा, जो रात उतरने पर सब से पहले दिखाई देता है..."

मेरा मन भर आया था, फिर भी कुछ हंसकर कहा–"पगला गया है? अब वह जहां रहती है, जिस बर्फानी देश में, वहां रात को सितारे नहीं दिखाई देते..."

उसने हाथ की जलती हुई सिगरेट मसल दी, कहने लगा–"फिर तुम बताओ मैं क्या करूं?"

मैंने आहिस्ता से कहा–"हम शायर लोगों को क्या करना होता है, नज़्म लिखने के अलावा हम क्या कर सकते हैं...?"

कह सकती हूं कि सदियों में कोई ऐसा शायर पैदा होता है, जिसके अक्षरों में पुरा-ऐतिहासिक समय की परछाइयों का कंपन भी होता है, और परा-शक्तियों की उन परछाइयों का भी, जो समय और स्थान की पकड़ में नहीं आ सकतीं...

शिव के अक्षर थे–

मैं और सूरज बैठकर जब बातें करते हैं
मैं सूरज को तेरी छाया की बात सुनाता हूं
फिर मैं और सूरज जब घर पिछवाड़े में जाते हैं
मैं उसे अपने घर की मरी हुई धूप दिखाता हूं..."

और अब मैं जब भी शिव की बात करती हूं, मुझे लगता है कि मैं पंजाबी शायरी के सूरज को, उसके घर की मरी हुई धूप दिखा रही हूं...

ये मेरे अल्फ़ाज़ और मेरा अहसास 7 मई, 1987 को टेलीकास्ट हुआ था, और 9 मई की रात थी, जब मैंने सपने में देखा कि एक बहुत उदास-सा माहौल है,

जहां कई लोग बारी-बारी से शिव के गीत गा रहे हैं। फिर एक-एक चेहरा देखती हूं, जो शिव की सूरत में बदल गया है-और सब की आवाज़ शिव की आवाज़ हो जाती है...

देखती हूं–शिव का चेहरा कुछ तांबई-सा हो गया है। उसकी आंखें बंद हैं, लेकिन अचानक वह गाते-गाते अपने आंसू पोंछता है, और मेरी तरफ़ देखकर पूछता है–'बोलो, दीदी, अब कौन-सा गीत गाऊं?'

इस सपने का तार ज़िन्दगी की एक हक़ीक़त से जुड़ा हुआ था, कि वह जब भी मंच पर अपनी नज़्म कहने के लिए खड़ा होता था, वहीं मंच पर से मुझे आवाज़ देता था–"अमृता दीदी! कौन-सी नज़्म सुनाऊं?"

मैं उसे कई बार कहती थी–"पागल मत बनो, मंच पर से आवाज़ न दिया करो। लोग कहेंगे कि तू मेरे से पूछ कर नज़्म सुनाता है?"

और यही सपना था—मैंने आसमान में उसकी आवाज़ भी सुनी, उसे देखा भी, जो शायद अज़ल से गा रहा था, अब भी गा रहा है, और जाने खुदा हश्र तक गाता रहेगा...

मेरे लिए—वह ब्रह्माण्ड के कण-कण में बस गया है...

खुदा के हाथों से गिरी हुई दुआ

एक बार अपने मासिक-पत्र का एक खास शुमारा मैंने तरतीब दिया था, जिसमें पंजाबी के बहुत-से शायरों और अदीबों ने इशारती खत लिखे थे। मसलन-इन्साफ़ का खत क़ानून के नाम, वक़्त का ख़त सियासत के नाम, मज़हब का ख़त अपने पैरोकार के नाम, अक्षरों का ख़त स्याही के नाम, और उसी सिलसिले में एक ख़त मैंने लिखा था—हव्वा का खत आदम के नाम!

वो खत था–

"मेरे महबूब, मुख़ालफ़त के दरिया में आज मेरी हालत उस टूटी हुई किश्ती की तरह है, जो अभी कुछ लम्हों के बाद इस पानी में ग़र्क हो जाएगी–

"तुम जानते हो—डूबती हुई किश्तियों से जब किनारे खो जाते हैं, तो आखरी पैग़ाम किसी बोतल में डालकर पानी के हवाले कर दिया जाता है।

"वक़्त के भंवर मुझे डुबो रहे हैं, लेकिन एक पैग़ाम वक़्त के हवाले कर रही हूं कि मेरे पैग़ाम वाली इस बोतल को वो कभी उस किनारे पर ले जाएगा, जहां तुम रहते हो। हो सकता है–मेरा यह पैग़ाम तब किसी किनारे पर लगेगा, जब मैं किसी गुज़री हुई नस्ल की कहानी बन जाऊंगी–शायद आखरी पैग़ाम सिर्फ़ वक़्त का हवाला होते हैं–किसी मदद के लिए किसी तक नहीं पहुंचते...वो सिर्फ़ मौत की तस्दीक़ होते हैं...

"मेरे पैग़ाम को अगर हयात का किनारा न मिला, तो जब भी किनारे पर लगेगा—वक़्त की नस्ल इस हक़ीक़त से वाकिफ़ होगी कि कभी इस तरह भी किश्तियां डूब जाती थीं और किसी की ज़िन्दगी इस तरह भी ग़र्क होती थी!

"मेरे सपनों की एक हरी वादी थी और जब मेरे मुआशरे की मुखालफ़त एक दरिया की तरह बहती हुई आई, मेरे सपनों की वादी डूब गई और जब मेरे ब्याह की शहनाई बजने लगी, तो पानी में भंवर पड़ने लगे...

सारा शगुफ़्ता

"भरे हुए दरिया में जिनकी किश्तियां डूबती हैं—उनका जनाज़ा कोई नहीं उठाता, लेकिन जब मुआशरे के दरिया में कोई किश्ती डूबती है, तो उसकी डोली उठाई जाती है...

"तुम मेरे आदम कहां हो? कभी वक़्त था, जब हव्वा को खुदा के बहिश्त से निकलना पड़ा था, और आज इस हव्वा को आदम के बहिश्त से निकलना है...

"तूफ़ान उठने वाला है, शहनाई की आवाज़ स्याह घटा की तरह उठ रही है और मेरे सिर पर ओढ़ी हुई किनारी वाली चुनरी आसमान में बिजली की तरह चमक रही है..."

मेरा यह खत सितम्बर, 1980 में शाया हुआ था। सारा शगुफ़्ता से मेरी मुलाक़ात हो चुकी थी। क़रीब छः महीने गुज़र चुके थे, फिर भी ख़त लिखते हुए वो चेतन तौर पर मेरे जेहन में नहीं थी, लेकिन वह एक मुलाक़ात जब दोस्ती की सूरत में बदल गई, सारा के ख़त बराबर मेरे पास आने लगे, मैं उसके एक-एक अहसास में उतरती गई, तो लगा—जिस हव्वा का ख़त मैंने लिखा था, उस हव्वा का नाम सारा शगुफ़्ता है... जाने वो किस तरह खामोश-सी मेरी नफ़सी चेतना में उतर गई थी कि ख़त लिखते हुए वो मेरे सामने नहीं थी, लेकिन एक साए की तरह मेरे अक्षरों में उतरती गई–

एक बार उसका ख़त आया–"हमारी ज़मीन के दस्तूर के मुताबिक़, हमें हराम से हलाल होना पड़ता है। इस बार चादर-कुशाई के बाद हज़रत बोले, 'सारा, अब तेरा मुशायरों में जाना बंद, अखबारों में लिखना बंद, अब तुम हमारी इज़्ज़त हो"-और सारा ने तड़पकर ख़त में लिखा–"मैं किस ज़मीन की आबरू हूं, मैं नहीं जानती।"

और उसने लिखा–

"हमारी दुनिया में एक बहुत लम्बा बाज़ार है—सदियों के हाथों से बनाया हुआ, जिसमें आज भी तरह-तरह के ज़ेवरात बिकते हैं, सुनहरे ताबूत बिकते हैं, रेशम के कफ़न बिकते हैं और वहां हाथों में मेहंदी, मां का सिन्दूर और किनारी वाले घूंघट भी बिकते हैं-और ज़री के रंग की तहज़ीब बिकती है–"

सारा शगुफ्ता बहती हुई हवा की तरह जब उस बाज़ार में से गुज़रती है, तो एक सन्नाटा हवा की छाती में उतर जाता है। कह सकती हूं कि उसी सन्नाटे का नाम सारा की शायरी है–लिखती है–

इज़्ज़त की बहुत क़िस्में हैं–धूंघट, थप्पड़ और गंदम
इज़्ज़त का सबसे छोटा और सबसे बड़ा हवाला औरत है
घर से लेकर फुटपाथ तक हमारा कुछ भी नहीं
इज़्ज़त हमारे गुज़ारे की बात है...
इज़्ज़त के नेज़े पर हमें दाग़ दिया जाता है
कोई रात को हमारा नमक चख ले
तो हमें एक उम्र के लिए बेज़ायक़ा रोटी कहा जाता है...
औरत, तुम डर के बच्चे जनती हो
इसलिए आज तुम्हारी कोई नस्ल नहीं–
तुम जिस्म के एक बंद से पुकारी जाती हो
तुम्हारी हैसियत में एक चाल रख दी गई है
एक खूबसूरत चाल
एक झूठी मुस्कराहट तुम्हारे लबों पर तराश दी गई है
तुम सदियों से नहीं हंसी–तुम सदियों से नहीं रोई
क्या मां ऐसी होती है कि मक़बरे की सजावट कहलाए?
औरत तो कभी शहीद नहीं हुई–तुम कौन-सी नमाज़ पढ़ रही हो?
तुम्हारे बच्चे तुमसे ज़िनाह करते हैं
तुम किस कुनबे की मां हो? ज़िनाह-बिल-जब्र की?
कैद की? बेटों के बंटे हुए जिस्म की?
और ईंटों में चिनी हुई बेटियों की?
बाज़ारों में तेरी बेटियां–
अपने लहू से भूख गूंधती हैं और अपना गोश्त खाती हैं...

इस बाज़ार में तहज़ीब के नाम पर सारा ने भी घूघट ख़रीद लिया था, उसकी मां ने भी इसी बाज़ार से खरीदा था—उसकी मां की मां ने भी इसलिए सारा ने तड़पकर लिखा था–

मैं मां बनने के बाद भी कुंआरी हुई
और मेरी मां भी कुंआरी थी—उसकी मां भी कुंआरी थी...
और अब—तुम कुंआरी मां की हैरत हो...

हमारी दुनिया का इतिहास दो लफ़्ज़ों से वाकिफ़ है, एक वतनपरस्ती लफ़्ज़ से और एक वतनफ़रोशी लफ़्ज़ से। इनमें से एक लफ़्ज़ को वह इज़्ज़त की निगाह से देखता है और दूसरे लफ़्ज़ को हिक़ारत की निगाह से–

लेकिन सारा ने एक जलते हुए सवाल की तरह अपनी नज़्में इतिहास के सामने रख दी और पूछा–"तुम उनकी बात कब करोगे, जिनके पैरों तले की ज़मीन चुराकर, उनके बदन को ही उनका वतन क़रार दे दिया जाता है–?"

और कहा–

हर नक़्क़ाद, गैर नक़्क़ाद मेरे बदन में भौंकना चाहता है
फिर अपने सांस जितना कफ़न मेरे लिए अलापता है,
मेरा सबसे बड़ा गुनाह यह है कि मैं औरत हूं।
जब उनके साथ क़हक़हा नहीं लगाती
तो वह मेरे ख़िलाफ़ हो जाते हैं।
मैं किस-किस परचम के बंद खोलूं
क्या औरत का बदन से ज़्यादा कोई वतन नहीं होता?
हर चीज़ बह जाएगी–मेरे लफ़्ज़ मेरी औरत
समन्दर के लिए लहर ज़रूरी है–औरत के लिए ज़मीन
वो ब्याहने वाले लोग कहां गए?
यह कोई घर है? कि औरत और इज़्ज़त में कोई फ़र्क नहीं रहा
मैंने बग़ावत की है–अकेली ने
अब अकेले आंगन में रहती हूं
देखो मेरी मजबूरी–मैं लिख रही हूं
मैं–जो कभी दीवारों में चिनी गई
और कभी बिस्तर में चिनी जाती हूं...
औरत की रियासत चादर-कुशाई से बड़ी नहीं होती...

1980 में जब सारा शगुफ्ता कराची से हिन्दुस्तान आई थी, मुलाक़ात हुई, तो कहने लगी–"अमृता बाजी, मैंने दूर-दूर तक औरत को सोए हुए देखा है, और सोई आंख को जो सवाब पेश किया जाता है, मैं उसकी क़ायल नहीं हूं। जागती आंख तो

जूठा पानी है, और मैं नहीं चाहती कि औरत जूठा पानी पिए..."

उस वक़्त मैंने पूछा था–"सारा, जागती आंख से तेरी क्या मुराद है? जागती आंख तो चेतना होती है–"वो एक लम्हा खामोशी में उतर गई, फिर कहने लगी–"ठीक है अमृता बाजी, तुम ठीक कहती हो। मेरी मुराद शौहर से है। वही शौहर, जो सोई आंख का सबाब होता है। जागती आंख में अगर चेतना न होती, तो वो जूठा पानी कैसे लगता?–मैंने जब आंख खोली तो घूंघट में टूटे हुए चांद देखे। देखा कि मेहंदी ने मेरे हाथ रंगे नहीं थे–बल्कि और सफ़ेद कर दिए थे–सामने घर नहीं था–खाली मैदान था और मैदान में मैं झांझर डालकर नहीं चल सकती थी–ऐसे लगा, जैसे मेरे सफ़ेद कपड़ों पर रंगीन धागों से मेरा कफ़न सिल गया है। ज़ख़्मों को सिलने की बात तो सुनी थी, लेकिन मेरी खुली आंखों को सिलने की कोशिश की जा रही थी..."

इतिहास तो जाने कब तक खामोश रहेगा, जाने कब उनकी बात कहेगा, जिनके पैरों तले की ज़मीन चुराकर उनके बदन को ही उनका वतन क़रार दे दिया जाता है–लेकिन सारा की नज़्में इतिहास की दरो-दीवार पर दस्तक देती रहेंगी–पूछती रहेंगी–

बोलो! मेरा घर कहां है?
मैं घर नापती हूं तो ईंट हाथ आती है...
मेरा आख़िरी मर्द मर गया है
जिससे मैं आज तक ब्याही हुई थी–
अब मेरी चूड़ियों के नेज़े बन गए हैं
जिनसे मैं अपनी दास्तान लिखूंगी...

और तीन बच्चे, जो सारा से छीन लिए गए—उसके बदन के तीन फूल, सारा ने तड़पकर लिखा–

मेरे तीनों फूल प्यासे हैं...
मैं ठंडी यख़ क़ब्र का सवाल कर रही हूं
या तो मैं रोऊंगी–या मेरी क़ब्र रोएगी...
मेरे बदन में टूटे हुए पालने
मैंने तेरा कोई नाम नहीं रखा

तू मेरी कोख में इतना बोल!
कि हम दोनों इन्सानी तारीख लिख सकें
लेकिन मेरे डेढ़ जिस्म की परछाईं में
एक पालना नहीं बनता।
मेरी कोख में टूटे हुए खिलौनों की चीख़ें है...

पानियों के मुक़द्दर में भंवर होते हैं
औरत के मुक़द्दर में इन्सान–

सारा ने पहला इन्सान अपने बाप की सूरत में देखा–और उसके लफ़्ज़ों में "मेरा बाप बरात हार गया। बाप की तरंग दूसरी औरत निकली–मेरी मां ने हम बच्चों को अपनी भूख में शामिल कर लिया, और फिर घर के बर्तन भी बिकने लगे–वो बर्तन, जिन पर मेरे बाप का नाम खुदा हुआ था..."

और फिर सारा ने वो इन्सान देखे, जिन्हें शौहर कहते हैं, और तड़पकर लिखा–

तेरी तलवार और तेरी सिपहसालारी उस वक़्त कहां थी?
जब चार हीजड़ों के इकरार पर–मैं तेरी आबरू थी...
अब तुम तुझे तवायफ़ कहते हो?
तुम शायर थे–
और मैं तवायफ़ होते हुए एक झोंपड़ी में ब्याही गई
और मेरा बच्चा बेकफ़न मर गया...
तवायफ़ होते हुए मैं तुम्हें कमा न सकी
और तू बारात हार गया...
आज मुझे ख़बर हुई कि मैं तेरी दाश्ता थी...
मैं इतनी तवायफ़ज़ादी हूं
कि मैंने तुमसे कभी हक़े-मेहर नहीं मांगा...

पर हारी हुई बारातें, छीने हुए बच्चे, कोख में टूटे हुए पालने—यह मिट्टी की काया के भंवर थे—जिनसे घबराकर सारा कभी-कभी शायरों और अदीबों

की सोहबत में जाती। 16 जून, 1981 की तारीख में लिखा हुआ सारा का एक ख़त मुझे मिला, "अमृता, क्या लिखू? आज मैं एक लफ़्ज़फरोश के यहां गई थी–मुझ लफ़्ज़मारी को कहीं न कहीं तो जाना होता है। वो मेरे चेहरे के पाताल गिनने लगा...कहने लगा–फलां की बीवी कह रही थी–शायरा तो वो अच्छी है, पर दुपट्टे की सूझ-बूझ नहीं है–अमृता, मुझे कोई नज़र आए, तो सजदा करती हूं–फिर भला सिर के दुपट्टे का सजदे से क्या ताल्लुक़?"

सारा ने तड़पकर कहा–

अपनी आंख के पास रहने से
क्या औरत आवारा कहलाती है?
और क्या मस्जिद की ईंटें चुराई नहीं जा सकतीं?

सारा ने अपनी कोई मुसाहबत पाई–तो पाक मस्जिद की ईंट में पाई–और मस्जिद की ईंटें चुराने वालों ने कभी उसे लालकिले की दीवारों में बंद कर दिया और कभी ज़ेहनी मरीज़ों के हस्पताल की दीवारों में। दुनिया में बहुत-सी किताबें हैं, जो लोगों ने जेलों में लिखीं–लेकिन सारा ने पागल क़रार दिए जाने के बाद, पागलखाने में बैठकर, पागल औरतों की डायरी लिखी–

"मेरे इर्द-गिर्द पागल औरतें घूम रही थीं। मैं कोने में दुबक गई और सलाखों को देखने लगी। दरवाज़े पर ताले की आंख लगी थी—

"मेरा शौहर बेजा मुझे इतना मारता कि जिस्म पर नील पड़ जाते...बेक़सूरी की सज़ा जुर्म से बड़ी होती है। वहां चारदीवारी की पनाह में वो कुछ हुआ जो सड़कों पर भी नहीं होता ...मैं चूड़ी की तरह टूट गई...खैर, छः माह के तशद्दुद, के बाद मैंने तलाक ले ली, लेकिन ज़ेहनी तवाज़न खो गया–मेरी अम्मी मुझे पागलख़ाने छोड़ आई–इलाज के लिए। जब होश आया, तो देखा, एक औरत जंजीरों में सहमी बैठी थी–दूसरी औरत ने ख़ला में आंखें बांध रखी थीं–तीसरी औरत की घड़ी से वक़्त गिर गया था। मैं उनको देखकर बहुत रोई।

"एक औरत मुसलसल कहती रही—मेरा इज़ारबंद मत खोलो! एक कुंवारी पगली ने कहा—मोहल्ले के एक गुण्डे ने मुझे अगवा किया और रात-भर पांच मर्द मुझे लूटते रहे...

"एक औरत ने बताया–मेरा शौहर मुझसे पेशा करवाता है। मैं पागल नहीं हूं–शरीफ़ खानदान की लड़की हूं–एक ने तस्वीर उतार ली और तस्वीर अख़बारों में आई—और जब पुलिस मुझे पकड़कर लाई—पुलिस वालों ने मेरे साथ ज़िनाह किया...

"और यहां एक औरत है, जिसकी जायदाद पर कब्जा करने के लिए उसे यहां छोड़ दिया है..."

और सारा ने इस डायरी के अलावा पागलख़ाने में बैठकर नज़्में लिखीं–

अमृता, मैं सबके चिरागों में जला करती थी
आज पागलों के क़बीले से हामला हो गई हूं
सामने सलाखों पर ताले की आंख लगी है
एक औरत जंजीरों से सजी बनी है
मेरा श्रृंगार देख!
यहां जंजीरों का मुजरा सूरज तक सुनाई देता है...
और औरतें चीखों से हामला हो गई हैं...

सारा मस्जिद की ईंट थी–और शायद मस्जिद की ईंट अपने में ख़ुदा की आंख रखती है–सारा की यह नज़्में ख़ुदा की आंख बनकर सब देखती रहीं—और सारा ने तड़पकर लिखा–

मेरे क़बीले की कोख से जब चीख़ पैदा हुई
तो मैंने गोद से बच्चा फेंक दिया–
और चीख़ को गोद में ले लिया...

आदिवासियों में एक कहानी कही जाती है कि गरजते हुए बादलों में बच्चों की रूहें बिलखती हैं और ज़मीन पर किसी मां की कोख ढूंढ़ती हैं-आदिवासी भी यह नहीं जानते होंगे कि इस कहानी के अर्थ कितने वसी हो सकते हैं—

लगता है–इस धरती पर जितने भी सताए हुए लोग हैं, उनकी चीख़ ने सारा को खोज लिया और सारा ने उनकी चीख़ को गोद में ले लिया...सारा ने लिखा–

मैं ज़मीर से ज़्यादा जाग गई हूं...

वो ज़मीर से ज़्यादा जागी हुई औरत थी–जिसने कहा–

मैं आसमान बेचकर चांद नहीं कमाती...

यह सारा थी–जो कह पाई–

यह क्या है!

मैं मस्जिद में दुआ मांगती हूं, तो मंदिर रूठ जाते हैं–

मैं इबादत के लिए ग़ार नहीं–इंसान चाहती हूं
और तिलावत के लिए इंसानी कुरान...

जब सारा से मुलाकात हुई थी, तो सारा ने कहा था–"लोग मेरी नज़्म को तवायफ़ समझते हैं–"

मैंने कहा था–"खुदाया, नज़्म को तवायफ़ समझने वालों को क्या कहूं?–" तो सारा बोली–"मैं उन्हें खुदा की मरी हुई तख़लीक़ कहूंगी। खुदा का मरा हुआ तसव्वुर। अगर नज़्म को तवायफ़ कहा जा सकता है—तो चाहूंगी कि मेरी बेटी भी तवायफ़ बने। मेरी बेटी मुझे नज़्म-सी प्यारी है और नज़्म बेटी-सी..."

सारा की बहुत बड़ी तमन्ना थी—अपनी नज़्मों का एक मजमूआ देखने की, लेकिन वहां उसकी कोई नज़्म शाया नहीं हो पा रही थी। 22 सितम्बर, 1981 की तारीख़ में सारा का खत आया था—एक पैग़ाम की तरह—

अगर मैं लम्बे सफ़र पर निकल जाऊं–
तो इंसानी क़ुरान कहां है?–लिखा है
ढूंढ़ना, पूछना और मुझे छाप देना–

मेरा तकाज़ा था कि वो अपनी ज़िंदगी की दास्तान सिलसिलेवार अपनी क़लम से लिखे, और उसने मुझे किस्तवार भेजने का वादा किया। कुछ तरतीब से, कुछ बेतरतीबी से वो अपनी जिंदगी के हालात लिखती रही और मुझे भेजती रही। फिर 15 नवम्बर, 1981 की तारीख़ में उसका ख़त आया–

"अब तक मुझे इक्कीस इलैक्ट्रिक शॉक लग चुके हैं—कभी—कभी घड़ी की मिक़दार से ज़्यादा वहशत होने लगती है–"

एक बार सारा से जो बातचीत हुई थी-वो शाया हो गई थी, उसी की ओर इशारा करते हुए उसने लिखा—

"मेरा एक इंटरव्यू छपा है और गुनाहों की नबत मिल गई। अगर मेरा ज़िदगीनामा भी छप जाए, तो कम-अज़-कम हश्र के रोज़ मेरी अकेली क़ब्र का अकेला खुदा होना चाहिए।"

क्या कहूं—पिछले दिनों एक साहब ने कहा–"सारा तो पलीत लिखती है..."

उसने चार किताबों को ज़ेहनी तरतीब दी, कहा–

"यह सब लिखकर रख दिया है, मेरी पहली किताब अमृता प्रीतम के नाम, दूसरी अपने बच्चों के नाम, तीसरी मुबारक अहमद के नाम, जो साठ साल लिखता रहा और हारता रहा और चौथी–सोचना-ढूंढना–यह नॉवल अपाहिज बच्चों के नाम होगा..."

अहमद सलीम से मुझे पता चला–सारा ने बहुत मुश्किल से छः हज़ार रुपए इकट्ठे किए, किसी को दिए, जिसने वादा किया था–उसकी किताब शाया करने का, लेकिन न किताब शाया हुई–न वो रुपए सारा को वापस मिले।

सारा कभी-कभी पंजाबी में भी नज़्म कहती थी, लेकिन ज़्यादातर उर्दू में। मेरे लिए एक ही रास्ता था कि मैं उसकी नज़्मों का तर्जुमा करूं और यहां उसकी एक किताब शाया कर दूं।

11 अक्तूबर, 1982 की तारीख में उसका ख़त आया–"अमृता, इलैक्ट्रिक शॉक लगने से तबीयत ठीक नहीं रहती। दुआ करो अमृता, मैं मिट्टी से ज़्यादा ख़ामोश हो जाऊं..."

फिर 25 नवम्बर, 1982 की तारीख़ में उसका ख़त आया–"तराज़ू के एक पलड़े में हमेशा पत्थर होता है–और शायद उसी का नाम इंसाफ होता है...किताब मुकम्मल कर ली और फिर ज़ायक़ा बदलने के लिए बाज़ार से ज़हर ख़रीद लाई, तुम्हें तफ़सील से एक खत लिखा–फिर बेहोश हो गई। घर के लोग जिन्ना हस्पताल ले गए, होश आया, तो वही आवाज़ें–वही सन्नाटा–इर्द-गिर्द पुलिस वाले खड़े थे..."

मैं सारा की नज़्मों का तर्जुमा कर रही थी–साथ ही कुछ हिस्सा प्रेस में दे दिया था। कभी प्रूफ़ देखती, कभी तर्जुमा करती, और जब 1983 में फ़रवरी महीने में किताब की जिल्दबंदी हुई, तो जल्दी से कुछ किताबें सारा को भेज दीं। उस वक़्त सारा हस्पताल में थी। बाद में सुना कि हस्पताल का डॉक्टर हाथ में एक किताब लेकर सारा से कहता रहा–देखो, तुम्हारी किताब हिन्दुस्तान में छपी है, अब तुम्हें जीना चाहिए...और फिर अहमद सलीम का ख़त आया–सारा किताब को हाथ में लिए कई बार बच्चों की तरह खुश हो उठती है और कभी किसी वर्क़ पर, कभी किसी वर्क़ पर हाथ रखकर पूछती है–सलीम, पढ़कर बताओ–यह कौन-सी नज़्म है? और आगे पढ़ो, क्या लिखा है?

किताब पंजाबी में छपी थी और सारा पंजाबी का रस्मुलख़त नहीं जानती थी–

सारा अपने घर की तलाश में कभी दुनिया की गलियों में जाती रही, कभी हस्पताल के दरवाज़े पर और कभी खुदा की गली में–

खुदा की इबादत का इतिहास उतना लम्बा है, जितना इन्सान के ज़ेहन में खुदा के तसव्वतुर का–

इस इतिहास में अगर कुछ बदलता है, तो इबादत का अंदाज़ बदलता है। बुतपूजा से लेकर बुतशिकनी तक यह अंदाज़ बदलता है, लेकिन हर अंदाज़ को इबादत का लक़ब ज़रूर नसीब होता है–

यह हर्फ़ अगर नहीं नसीब हुआ, तो सारा की इबादत को नहीं हुआ, जिसने सजदे में झुककर नहीं—खुद सज़दा होकर लिखा :

ए खुदा! क्या मैं तेरी ज़का हूं? या एक सजदा?
ए खुदा! तू मेरा इनकार है और मैं तेरा इक़रार हूं।
मैं नादानी से बच्चे जनती हूं—तू फ़ज़ल से हुक्म जनता है
ए खुदा! मैं अपनी कोख से चलती और तेरा नाम जनती
ए खुदा! मैंने अपनी नस्ल पर तेरा नाम लिखा है...

वो ज़रूर जानती थी कि जिसने अपनी नस्ल पर खुदा का नाम लिखा है, उसकी इस जुरअत को इबादत का नाम नहीं दिया जाएगा–और शायद इसीलिए वो हंस दी—कहने लगी—

ए खुदा! मैं बहुत कड़वी हूं—पर तेरी शराब हूं।

और इस शराब का घूंट पीने के लिए उस इंसान की ज़रूरत थी—जिस इंसान में खुदा बसता हो और वे इंसान कहीं नहीं था–

सारा ने जाने किस इलाही मुहब्बत से कहा–

ए खुदा! तू चांद की स्याही से रात लिखता है

और मैं कह सकती हूं, खुदा के बंदों ने रात की स्याही से सारा के दिन लिख दिए।

यक़ीनन कांटों का इतिहास उतना ही क़दीमी होगा-जितना फूलों का। इधर मेरी जिंदगी में भी ऐसा वक़्त आया, जब मेरी दुनिया दो हिस्सों में तक़सीम हो गई। दुनिया का एक हिस्सा वह था, जो मेरे हाथों में मुहब्बत के फूल दे रहा था और दूसरा हिस्सा वह, जो मेरे पैरों के सामने दुश्मनी के कांटे बिछा रहा था–

ऐसे कड़े वक़्त में एक हादसा यह भी हुआ कि 1983 में जून के आख़िरी हफ़्ते में मैं फ्रांस गई थी और वहां एक छोटे से हादसे से, एक टूटी हुई सड़क पर पैर अटक जाने से, मेरे दाएं कंधे की हड्डी एक सिरे से लेकर दूसरे सिरे तक टूट गई।

उधर सारा के ख़त आ रहे थे–मैं किसी दिन इस जिस्म की बारगाह से निकल जाऊंगी। तौबा से इन्साफ़ कौन मांगता है...

मैं सारा को अपनी मुसीबतों की ख़बर नहीं देना चाहती थी, लेकिन अहमद सलीम का कराची से हिन्दुस्तान आना हुआ और उसने यह ख़बर सारा को दे दी कि अब मैं हाथ में क़लम नहीं ले सकती–दायां बाजू पट्टियों में बंधा हुआ है।

और 14 नवम्बर, 1983 की तारीख में सारा का ख़त आया–

"अमृता, काग़ज़ों पर मेरा टूटा हुआ बाजू पड़ा है–मैं उस वक़्त तक नहीं लिखूंगी, जब तक तुम्हारा बाजू ठीक नहीं हो जाता–"

जवाब में मैंने इमरोज़ से ख़त लिखवाया–"दीवानी लड़की! जब तक मैं हाथ में क़लम नहीं पकड़ सकती—तब तक तुम्हें एक हाथ से नहीं दो हाथों से लिखना है–एक अपनी तरफ़ से-एक मेरी तरफ़ से..."

डॉक्टरों से कुछ नहीं हो पा रहा था–पांच महीने गुज़र चुके थे, जब मुझे पता चला–एक संत जी हैं—जिन्हें एक मुसलमान फ़क़ीर ने शफ़ा का वरदान दिया था–और उनके हाथ लगाने से हड्डी जुड़ जाती है, और यह हुआ–वो क़रीब डेढ़ महीना मेरी टूटी हुई हड्डी पर अपने हाथ से पट्टी बांधते रहे–और हड्डी जुड़ गई–

और फिर जब मैं क़लम पकड़ सकती थी—लिख सकती थी–तब यह नहीं जानती थी कि एक दिन उसी हाथ से मुझसे सारा की जिंदगी और शायरी पर एक नामुराद किताब लिखना होगी–'एक थी सारा'...

7 जून, 1984 के दिन कराची से फ़ोन आया था कि 4 और 5 जून की रात सारा ने रेलवे लाइन पर खुदकुशी कर ली–

कमबख़्त ने कभी खुद ही लिखा था–

मेरा कदम दरवाज़े से ऊंचा नहीं
की और दिल कायनात से छोटा नहीं–

जिंदगी का दरवाज़ा सचमुच बहुत छोटा था–वो सारा के कायनात जैसे बड़े दिल को अपनी बांहों में नहीं ले सकता था...

कमबख़्त ने कभी खुद ही लिखा था–ज़मीर का ज़हर सुकरात के प्याले से भी बड़ा है, और फिर एक दिन उसने सुकरात के प्याले से भी बड़ा ज़मीर का ज़हर पी लिया।

वो अकसर अपने खतों में लिखती रही–

मैं हाथों से गिरी हुई दुआ हूं–

मैं कहना चाहती हूं–

सारा हाथों से गिरी हुई दुआ ज़रूर थी, लेकिन अपने हाथों से नहीं—खुदा के हाथों से गिरी हुई दुआ थी–

सारा का एक ख़त मेरे पास अमानत है कि उसकी एक किताब 'इंसानी क़ुरान' के काग़ज़ात किस शहर के, किस मुहल्ले के, किस बैंक में पड़े हैं, साथ हिदायत है

कि उसके बाद मैं वह काग़ज़ वसूल करूं और शाया करवा दूं—लेकिन जिस तरह यह बात उसकी छाती में दफ़न थी–

मेरी छाती में भी दफ़न हो जाएगी–
और कुछ नहीं हो पाएगा।

कभी एक नज़्म में सारा ने लिखा था–

औरत अपने आंसुओं से वुजू कर लेती है
मेरे लफ़्ज़ों ने कभी वुज़ू न किया
और रात खुदा ने मुझे सलाम किया...

और आज सारा की बातें करते हुए मैं खुदा से मिलकर सारा को सलाम करती हूं।

सिर्फ़ एक बात और कहना चाहती हूं–सारा से जब मुलाक़ात हुई थी, उसके जन्मदिन की बात चली, तो वह कहने लगी–

चिड़ियों का चहचहाना ही मेरा जन्मदिन है–

अब सब लोगों से मेरी इतनी गुज़ारिश है कि आप जब भी चिड़ियों को चहचहाते हुए देखें, तो समझना, आज सारा का जन्मदिन है...।

1984 की डायरी में से

मध्य प्रदेश से अशोक नगर वाले श्री कैलाशपति इंदिरा जी से मिलना चाहते थे। कुछ ही दिनों में वह नवरात्र-अनुष्ठान में बैठ जाएंगे और उस समय वह इंदिरा जी पर और देश पर आने वाले संकट को टालने के लिए पूजा करेंगे, इसलिए कुछ मिनटों के लिए इंदिरा जी को बहुत नज़दीक से देख लेना और अंतर में एक संकल्प धारण कर लेना वह ज़रूरी समझते थे...

जिस किसी को भी राजसत्ता से कुछ लेना है, मैं एक क़दम भी उसके साथ नहीं चल सकती, पर कैलाशपति जी का सारा ध्यान देश की हालत पर केन्द्रित है,

और देश की तक़दीर के साथ जुड़ी हुई इंदिरा जी की खैरियत के साथ, इसलिए मैं निस्संकोच उन्हें शाम को सात बजे इंदिरा जी के पास ले गई...

इंदिरा जी ने कुछ मिनटों के बजाय करीब डेढ़ घंटे का वक़्त देकर कैलाशपति जी के संकल्प को सुना। कैलाशपति जी ने अतीन्द्रिय शक्ति से निकट भविष्य के जिस संकट काल को दखा है, उसे सामने रखकर काफ़ी देर चुपचाप कुछ सोचते रहे। शायद इस संकल्प को अपने अंतर में बसाया कि देश की सोई हुई आत्मिक शक्तियां जाग सकेंगी।

साधना उनकी है, शक्ति उनकी है, पर देश पर आया संकट अगर किसी जगह से भी टल सका, तो आज के उनके संकल्प में मुझे एक निमित्त हो सकने की तसल्ली होगी...

इंदिरा जी मुल्क की हालत के बारे में बहुत उदास हैं। विस्तार से बताती रहीं कि पंजाब में फ़ौज को भेजने वाले फ़ैसले के पीछे किन-किन खतरों की सूचना मिल चुकी थी, जिनकी वजह से वह क़दम उठाना पड़ा...

कैलाशपति जी के कहे अनुसार मुल्क पर आया संकट 26 दिसम्बर तक है... और इंदिरा जी पर ज़ाती तौर से आया संकट 13 नवम्बर से भी पहले घट सकता है...

इंदिराजी के साथ

14 सितम्बर का रात

टेलीविज़न का दूसरा चैनल शुरू हो रहा है, इसलिए पिछले हफ़्ते, पंजाब को तवारीख़ी पहलू से, आधे घंटे के लिए पेश करने के लिए मुझसे कहा गया था।

यह कार्यक्रम 21 सितम्बर को होगा, जिसके लिए आज से पांच दिन पहले—मैंने पूरे बारह घंटे लगाकर ऐतिहासिक और मिथहासिक पहलुओं से नोट्स लिए थे। एक ही हवाला सामने था, पर अभी दर्ज नहीं किया था, इसलिए आज दोपहर के वक़्त वह लिखने लगी...

इस हवाले के अनुसार व्यास नदी का प्राचीन नाम विपाशा था और जब बेटों की मौत से वशिष्ठ ऋषि उपराम हो रहे थे, उन्होंने इस नदी के पानी में डूब जाना चाहा था। उन्होंने हाथ-पैर बांध कर अपने आप को दरिया के हवाले कर दिया था। उस वक़्त इस दरिया के पानी ने सोचा कि अगर वशिष्ठ ऋषि सचमुच डूब गए, तो पानी की आत्मा को ब्रह्म हत्या का पाप लगेगा। इसलिए उसने अपनी लहरों से ऋषि के हाथ-पैरों की रस्सियां खोल दीं, साथ ही एक बड़ी-सी लहर में उनको लपेट कर दरिया के किनारे रख दिया।

दरिया के इसी कर्म से उसका नाम 'विपाशा' पड़ गया-पाश खोलने वाला, बंधन खोलने वाला, बंधन मुक्त करने वाला...

तब विस्तार से लिखते-लिखते मुझे लगा–मैंने विपाशा के पानी की आत्मा को कहीं से छू लिया है...

आंखों से अपने आप ही पानी बहता रहा...लगा–आज जो पंजाब में क़त्ल और ख़ून हो रहा है, उसे देखकर मैं और विपाशा का पानी मिलकर रो रहे हैं...

वह भी एक समय था जब पंजाब की नदियों के पानी बह्म हत्या के ख़्याल से व्याकुल हो जाते थे...

वे ज़रूर आज भी व्याकुल हैं, पर आज शायद हम में से किसी के पास भी कर्म शक्ति नहीं...आज हम में से कोई भी जीव हत्या को नहीं रोक सकता..

15 सितम्बर, 1984

सारी पीठ में से बिजली की कंपकंपी गुजरी, जिससे सारा माथा एक चीख़ बन गया... नींद तड़पकर टूट गई। घड़ी की ओर देखा—रात के बारह बजकर पच्चीस मिनट थे।

बदन से जैसे बिजली के दो तार छू गए। एक बड़ा ठंडा ख़्याल था कि इंदिरा जी का

क़त्ल एक सपना है, और दूसरा गर्म जलता हुआ ख़्याल कि यह सपना नहीं, हक़ीक़त है...

दिन का एक वाक़या याद आया–सवेरे क़रीब बारह बजे कृष्ण 'अशांत' आए थे, मैडिकल इन्स्टीट्यूट के पास से गुज़र कर, और यह ख़बर लेकर कि इन्दिरा जी पर क़ातिलाना गोली चलाई गई है...

फिर रेडियो की आवाज़, त्रिवेन्द्रम से कमला दास का फ़ोन, शहर से देविन्दर का, गगन का, और फ़हमीदा का फ़ोन...और फिर-फिर रेडियो की आवाज़...

क़रीब एक महीना हुआ है, 20 सितम्बर की दोपहर थी, जब प्राइममिनिस्टर्स हाउस से फ़ोन आया कि इंदिरा जी याद कर रही हैं। उस शाम घंटे से ज़्यादा मैं उनके पास बैठी रही थी। वह पूछती रहीं कि पंडित कैलाशपति ने जो कहा कि वक़्त का 'भारतीयकरण' किया जाए—तो वह कैसे मुमकिन हो सकता है?–इस बात का जवाब तो हमारे सांइसदां ही दे सकते हैं, मैं नहीं दे सकती थी। मैं सिर्फ़ संवत जारी करने की और वक़्त के भारतीयकरण वाली बात की अहमियत का ज़िक्र करती रही और वह फ़िक्र करती रहीं कि 13 नवम्बर तक उनके लिए जो ज़ाती ख़तरा बताया जाता है, मैं उससे परेशान हूं...

"जाती ख़तरा तो है ही। सिर्फ़ ज़ाती नहीं, सारे मुल्क को खतरा है..."–इंदिरा जी कहती रहीं और सियासी घटनाओं की कितनी ही पृष्ठभूमियां बताती रहीं कि किस-किस मजबूरी में सख्त क़दम उठाने पड़े। अमृतसर दरबार साहिब पर फ़ौजी कार्यवाही वाला क़दम भी किस हालत में उठाना पड़ा...उस वक़्त किस साज़िश की ख़बर मिली थी, कुछ ही दिनों बाद क्या होने वाला था...

और बताती रहीं कि हमारी इंटेलिजेंस में भयानक खामियां आ गई हैं, हमारे क़ानून इतने कम्प्लीकेटेड हैं कि ठीक मौक़े पर ठीक क़दम उठाया नहीं जा सकता। सब कुछ लफ़्ज़ों में उलझ गया है। काग़ज़ी कार्यवाही में एक-दो लफ़्ज़ों की कमी या अदल-बदल सारे इंसाफ़ को उलटा कर देती है...

बात अदालतों की भी चलती रही, उलझे हुए क़ानूनों की भी, बिकाऊ लोगों की भी और फिर जब उनके गिर्द मंडराते जाती खतरे की बात चली, सिक्योरिटी को ठीक अर्थों में सिक्योरिटी बनाने की–खासकर 13 नवम्बर तक के वक़्त को बहुत हिफ़ाज़त के साथ गुज़ारने की, तो उनके मुंह से निकला–"मुझे तो चारों तरफ़ अंधेरा-ही-अंधेरा दिखाई दे रहा है..."

और आज जब मुल्क की रोशनी बुझा दी गई है–खुदाया! आज कौन सुनने वाला है! आज मैं किससे कहूं कि आज जो घट गया है, और आज जो अपने ही देश के लोगों के ज़मीर पर ख़ूनी दाग़ लग गया है–इसके बाद मुल्क को चारों ओर अंधेरा दिखाई दे रहा है...

31 अक्तूबर, रात साढ़े बारह बजे

टेलिविज़न पर–इन्दिरा जी का चेहरा दिखाया जा रहा है..."फूलों से लिपटी हुई गर्दन–और शांत, बंद हुई आंखों का चेहरा...

उसी बंद आंखों वाले चेहरे में से बहत जागी हुई आंखों वाला चेहरा उभरता है–20 सितम्बर वाली शाम का, मेरे सामने की कुर्सी पर बैठी हुई इंदिरा जी का चेहरा, जो सियासी हालात और अंधेरों की बात करता, अचानक चमक जाता है...

वह पूछती हैं–"एक नज़्मों की क़िताब थी, मैंने तुम्हें एक बार अपनी लाइब्रेरी में दिखाई थी, वह मिल नहीं रही..."

कहती हूं–"वह बल्गारियन शायरा एलिसा वेता बागरियाना की किताब थी, नहीं मिलती तो मैं आपको और ला दूंगी। यहां नहीं मिलती, तो बल्गारिया से मंगवा दूंगी...

वह कहती हैं–"लाइब्रेरी की किताबें छतों तक रखी हुई हैं, मालूम नहीं वह कहां रखी गई हैं, उसमें एक नज़्म थी..."

मैं उन्हें, उनकी पसंद की नज़्म याद दिलाती हूं, जिसकी ओर उन्होंने एक दिन ख़ास इशारा किया था...

इंदिरा जी को उस नज़्म के साथ जुड़ी उस दिन वाली बात भी याद आती है, कहती हैं–"तुम्हें याद है, उस नज़्म की एक सतर थी, जब मैंने पढ़ी, तो तुम्हारे पास खड़े बासु भट्टाचार्य पूछने लगे थे कि वह नज़्म क्या मुझे कोई प्रेरणा देती है?"

मुझे उस दिन वाली सारी बात याद थी, कहा–"आपने जवाब दिया था, प्रेरणा नहीं, पहचान देती है...जैसे मैं हूं..."

मैं उनकी पसंद की सतर ज़ुबानी पढ़ती हूं–आई एम द ब्लड सिस्टर ऑफ विंड, वाटर एण्ड वाइन... वह मुस्करा देती हैं...

खुदाया! क्या उस दिन उनकी मुस्कराहट किसी होनी के अहसास की मुस्कराहट थी कि इस जिस्म के पांच तत्त्व–ख़लाई (कॉस्मिक) तत्त्वों में मिलने वाले हैं...

वापस आने लगी थी, जब वह कमरे के बाहर तक छोड़ने आईं, तो दहलीज़ के पास खड़े होकर उन्होंने मेरे कंधे पर हाथ रखा। एक बार फिर मुस्करा दीं...

आज मेरा अपना ही हाथ मेरे कंधे को छूकर देखता हूं, और देखता है कि उनकी स्थूल काया वाले हाथ की छुअन वहां अंकित हो गई है...

जानती हूं—मेरे कंधे पर जो कुछ अंकित हो गया है, वह मेरा अपना ही तड़पता अहसास है, पर इस अहसास का अगर कोई कण मात्र भी पा ले, तो पूरे देश की पवन में और पूरे देश के पानी में, वह इंदिरा जी के वजूद को छू सकता है...

वह—जो पवन-पानी की मां-जायी थी...

1 नवम्बर, सुबह नौ बजे

रात करीब तीन बजे का समय था। आंखें बंद थीं, पर पुरी नींद में नहीं। अध-सोई और अध-जागी हालत में थी, जब बंद आंखों के सामने—चढ़ते सूरज की सुर्ख़ लाली वाली सफ़ेद रोशनी फैल गई। यह रोशनी एक जगह टिकी हुई नहीं थी—लहरों की तरह आसमान में तैरती और फिर उसमें लीन हो जाती थी...

और फिर जैसे रोशनी की एक लहर सामने टिक गई हो, उसमें से इंदिरा जी का बड़ा शांत और मुस्कराता हुआ चेहरा उभरा, और लगा—चेहरे का कण-कण रोशनी के कण-कण में लीन हो रहा है...

पूरी हालत लफ़्ज़ों की पकड़ में नहीं आ रही। चेहरा—कण-कण रोशनी में लीन भी हो रहा था, फिर भी उसका वजूद कहीं से भी पिघलता हुआ नहीं दिख रहा था."

फिर नीचे ज़मीन की तरफ नज़र गई। वहां एक जैसे क़द के, और एक जैसी सूरत के कितने ही जानवर चल रहे थे। सारे जैसे एक ही जाति के जानवर हों। फैली-फैली आंखों से चारों ओर देखते हुए, और लम्बी-लम्बी चोंचों से आपस में कुछ इशारे करते हुए।

उस हालत में जब मैं उन्हें देख रही थी, एक स्पष्टता मन में आई कि ये सारी देशद्रोही ताकतें हैं और एक साज़िश कर रही है...सारे जानवर एक साज़िशी गिरोह की तरह आपस में जुड़कर बैठे हुए हैं...

वह दृश्य बड़ी देर आंखों के सामने रहा और मैंने महसूस किया कि मैं चेतन रूप में सोच रही हूं कि वे कौन-कौन लोग हैं—मैं उन्हें कभी भी नहीं पहचान सकूंगी, क्योंकि सभी ने एक ही जानवर का रूप धारण किया हुआ है, और न मैं उनकी चोंचों के इशारे समझ सकती हूं। सिर्फ़ उनकी फैली-फैली आंखों से अहसास होता है कि वे बड़ी

ख़तरनाक साज़िश कर रहे हैं, और सारा मुल्क ख़तरे में है...

2 नवम्बर की पिछली रात

शहर में कर्फ़्यु लगा हुआ है। टेलीफोन पर जो ख़बरें मिल रही हैं, लूट मार की ख़बरें, भयानक हैं...

लगता है–इन मज़हबों के अलगाव के कारण यह क़त्ल-ओ-ख़ून और लूटमार होती है, वे सारे एक नुक़्ते पर इकट्ठे हैं। बिल्कुल एक जैसे।

और वह नुक़्ता–सब के अंदर की वहशियत है...

इंदिरा जी के क़त्ल का कारण भी वही, और क़त्ल का बदला भी वही।

2 नवम्बर, दोपहर

31 अक्तूबर सुबह-सुबह जब इंदिरा जी पर पहली गोली चलाई गई, तब उन्हें कैसी हैरानी हुई होगी कि उनके मुंह से निकला–यह क्या कर रहे हो?

यह कैसा विश्वास था इंसान की अच्छाई पर कि दूर-पास या इर्द-गिर्द इतना कुछ ग़लत होता देखकर भी उनकी हैरानी नहीं जाती थी कि अपने बदन पर लगी हुई गोली के वक़्त भी मुंह से निकला-यह क्या कर रहे हो?

ज़ख़्म कभी ज़ख़्मों की दवा नहीं होते...

दर्द, समझ की पकड़ में आता है, पर लूटमार जैसे हादसे दर्द की पकड़ में नहीं आ सकते। देश में ऐसे हादसों का फैल जाना इस तरह है, जैसे जिसके नाम पर ऐसे हादसे किए जा रहे हैं, उसके लफ़्ज़ कानों को सुनाई नहीं दे रहे कि यह क्या कर रहे हो?

सोचती हूं –देश में जब भी कुछ ग़लत होगा, जहां भी, जैसे भी अगर देश के कानों के पास सुनने की शक्ति होगी, तो उसे इंदिरा जी की आवाज़ हमेशा सुनाई देगी-यह क्या कर रहे हो?

इंदिरा जी एक व्यक्ति का नहीं, यह देश के ज़मीर का नाम है...

2 नवम्बर, शाम

पता नहीं इस वक़्त मुल्क में क्या-क्या हो रहा है–अभी रेडियो पर ख़बरों में सुना है कि सिख अदीबों ने लोगों से एकता के लिए अपील की है, और इस अपील पर दस्तख़त करने वाले हैं-अमृता प्रीतम, करतारसिंह दुग्गल और खुशवन्त सिंह...

खुदाया! क्या अदीब भी सिख, हिन्दू और मुसलमान होते हैं? यह खबर किसने

बनाई है? यह अपील किसने लिखी है? और इस पर मेरे नाम के दस्तख़त किसने कर दिये हैं?–मैं कुछ भी नहीं जानती। मैं भी यह ख़बर उसी तरह सुन रही हूं, जैसे और लोग सुन रहे होंगे...

इस वक़्त सिख हिन्दू के भेद से पागल हए लोगों को अगर किसी अपील की ज़रूरत है, तो वह अपील पूरे देश के अदीबों की ओर से होना चाहिए थी। इस वक़्त 'सिख अदीब' लफ़्ज़ का इस्तेमाल करना इस भेद का खंडन करना नहीं, बल्कि इस भेद की ताईद करना है।

यह कैसा देश है, जहां मानसिक चिंतन को भी हिन्दू, सिख और मुसलमान बना लिया जाता है...

5 नवम्बर

कायनाती शक्तियों का रहस्य कौन पाएगा?

पता नहीं कल्पना के कोई तार खलाई शक्तियों के साथ जाकर जुड़ जाते हैं—या उन शक्तियों के ही कोई धागे अचानक कभी हमारे माथे को छू जाते हैं—या हम कई बार सपनों के दर्शक बन जाते हैं...।

रात को सपने में देखा कि एक बहुत बड़ा जंगल है। वहां वृक्षों के एक झुण्ड के नीचे एक ऋषि बैठे हैं–पूर्ण समाधि में। इतने में वहां एक अंबरी-स्त्री आती है–पूरी कहानियों के झांवले जैसी, और एक साल की बच्ची को उस ऋषि के सामने बिठाकर वह चली जाती है...

वह ऋषि अभी भी समाधि में लीन हैं, और वह फूल-सी बच्ची वहां पत्तों से खेलने लग जाती है...

वहां और कोई नहीं, पर बेआवाज़ एक आवाज़ मेरी ओर मुख़ातिब होती है, कहती है—आज के काल में तूने जिस इंदिरा को देखा है, यह उसी का प्राचीन काल है। कई हज़ार साल पहले का पूर्व जन्म...यह ऋषि पुली थी, एक अप्सरा की कोख से जन्मी थी..

मैं पत्तों के साथ खेलती उस बच्ची की ओर देखने लगती हूं—उसके नक्श पहचानना चाहती हूं, जब नींद खुल जाती है...

6 नवम्बर

आज एक रियलाइज़ेशन हुआ कि कैलाशपति जी ने कहा था—सिर्फ़ उस राजा को संवत जारी करने का अधिकार होता है, जो अपनी प्रजा का सारा क़र्ज़ अपने ऊपर ले

लेता है...वह राजा, जो संवत जारी कर सकता है, कालजयी हो जाता है...

और कैलाशपति जी ने इंदिरा जी से कहा था–"इस वक़्त कोई संवत नहीं जारी किया जा सकता, पर आप वक़्त का भारतीयकरण कर दें, कालजयी हो जाएंगी...

ये प्राचीन रास्ते हैं कालजयी होने के, और मुझे आज अजीब अहसास हो रहा है कि इंदिरा जी ने प्रजा की सारी वहशियत अपने बदन पर लेकर वही राह अख़्तियार की हैं–कालजयी होने की। यह बदनसीब प्रजा आज जाने या न जाने पर इंदिरा जी कालजयी हो गई हैं...

7 नवम्बर

आज मैं इंदिरा जी के हाथ का लिखा हुआ वह खत निकालकर पढ़ती रही, जो पिछले साल उन्होंने मेरे एक शिकवे के जवाब में लिखा था। मैंने उनसे बातें करते हुए एक दिन शिकवा किया कि आप भारतीय ज्ञानपीठ के उत्सव में क्यों नहीं आई थीं? मेरे लिए अवार्ड वाली बात से ज्यादा कीमती बात-उस अवार्ड को आपके हाथों लेना था...

मेरे इस शिकवे का जवाब उन्होंने ख़त द्वारा भी दिया था और कर्म के द्वारा भी। शांतिनिकेतन में विश्व भारती की ओर से दी जाने वाली डी. लिट. की डिग्री मुझे उन्होंने अपने हाथों से दी थी, दिसम्बर में, पर इससे पहले एक ख़त लिखा था, 17 मई, 1983 को–'प्यारी अमृता, मुझे बड़ी देर तक ख़्याल आता रहा कि मैंने ज्ञानपीठ वाला बुलावा क्यों नहीं माना था। इस बात को मन में न रखना। अब इस गुज़रे वक़्त का मैं क्या करूं? तुम्हें पता होना चाहिए कि तुम उनमें से हो, जो मुझे अच्छे लगते हैं। हालांकि मैंने तुम्हारी शायरी को ज़्यादा नहीं पढ़ा, बहुत थोड़ा पढ़ा है। मेरी नज़र में तुम्हारे ख़्यालों और लफ़्ज़ों की ख़ूब शक्ति है, साथ ही तुम में एक जुरत है, और मेरे अनुसार जुरत एक बुनियादी वस्तु है। इसके बिना कोई अपने आप से सच्चा नहीं हो सकता। न खुद के साथ, और न चिंतन के साथ...

जानती हूं–यह अपने आप के साथ सच्चे होने का बल मेरे अंदर है, पर साथ ही मेरे अंदर एक शक्तिहीनता है कि मैं इर्द-गिर्द घट रही बातों से बड़ी उदास हो जाती हूं—दुनिया से उपराम होने की हद तक...और ऐसे कितने ही मौक़े आए जब मैंने दुखों का सामना करते वक़्त इंदिरा जी के तसव्वुर से जुरत ली...

आज भी मन इतना उपराम था कि इंदिरा जी का ख़त निकालकर पढ़ा—कण मात्र शक्ति हासिल करने के लिए...

9 नवम्बर

एक संगीत होता है–'मैं' लफ़्ज़ में। इन्सान की रगों में बहता संगीत, जो एक वजूद तारी कर सकता है, और एक संगीत होता है 'हम' लफ़्ज़ में, जिसमें हमारे लोगों की आवाज़ शामिल होती है, उनका पर दुःख दर्द शामिल होता है। यह संगीत बड़ा शक्तिशाली होता है पर अक्सर ऐसा होता है कि 'मैं' लफ़्ज़ क़ायम रहे, तो उसमें 'हम' शामिल नहीं होता। 'हम' क़ायम होता है, तो 'मैं' मिट जाता है, पर इंदिरा जी की शख्सियत का राज़ यह था कि उन्होंने 'हम' लफ़्ज़ की आवाज़ बुलन्द की, लेकिन 'मैं' की आवाज़ मिटने नहीं दी।

मुझे लगता है—यही पहचान, मेरी और इंदिरा जी की निकटता की बुनियाद थी...

10 नवम्बर

16 नवम्बर के दिन के लिए टेलिविज़न वालों ने मेरी एक रेकार्डिंग की थी। उस दिन मैंने कहा था, "ख़लाई शक्तियों का अन्तर्संगीत एक वैज्ञानिक सच्चाई है। कौन-सी घड़ी, कौन-सा पल, किस अन्तर्संगीत को धारण करता है, और कौन-सी आत्मा, किस क्षण में काया धारण करती है, इसको समझ सकना ब्रह्मांड को समझ सकना है, आत्मा को समझ सकना है आज के दिन जब इंदिरा जी का जन्म हुआ, पता नहीं सूरज की कौन-सी किरण थी, ब्रह्मांड का कौन-सा संगीत, जो उनके मन-मस्तक में अंकित हो गया, और उसके ऐसे चिंतन को जन्म दिया, जो अखंड भारत का सपना सबकी आंखों में डाल देना चाहता था...

और आज 27 तारीख़ की रात जब मैं सोई हुई थी–कानों में इलाही नाद पड़ने लगा, साथ ही एक आवाज़ सुनाई दी–तूने ख़लाई शक्तियों के अंतर्संगीत की बात की थी, पर यह संगीत तूने कभी सुना नहीं। सुन, यह वही संगीत है...

और मैं आंखों से देखने लगी–रोशनी का एक बहुत बड़ा दायरा है, पूरे आसमान पर बना हुआ दायरा, जो बड़े रोशन जर्रों की सूरत में गोल घूम रहा है, और उसके बीच में से जो नाद उठ रहा है—उसका वर्णन लफ़्ज़ों की पकड़ में नहीं आ सकता मैं मंत्र मुग्ध वह संगीत सुनती हूं...

सामने कोई दिखाई नहीं देता—सिर्फ रोशनी का वह अखंड दायरा फैला हुआ है। मुझसे दूर नहीं, बिल्कुल सामने। जैसे मैं भी आसमान में इसके सामने खड़ी होऊ। उसकी दर्शक...कि इतने में आवाज़ आती है–यह वही क्षण है, जिसकी तूने बात की थी। उस क्षण का संगीत, जिस क्षण इंदिरा जी का जन्म हुआ था, और यही संगीत था, जो इंदिरा

जी के मन मस्तक पर अंकित हो गया था...

फिर संगीत भी बदलता है, दृश्य भी। रोशन ज़र्रो की सूरत में जो दायरा था, वह दायरा उसी तरह रहता है, पर रोशनी के वो जरै चिनगारियों की तरह उडते हैं और उनमें से विस्फोट की आवाजें निकलती हैं। वो आवाजें भी लय में बंधी हुई हैं, एक संगीत में, पर सारा संगीत भयानक सुरों का संगीत हो जाता है। मैं इस दृश्य से और इस भयानक संगीत से घबरा जाती हूं–यह क्या हो गया है? किस तरह हो गया है? तभी वही पहले वाली आवाज़ सुनाई देती है—यह उस क्षण का ख़लाई संगीत है, जिस क्षण इंदिरा जी को गोलियां मारी गई थीं...

और फिर सामने आसमान नहीं रहता, समुन्दर दिखने लगता है, जिसके किनारे खड़ी मैं आसमान की ओर देख़ती हूं—और बहुत दूर से आ रहे खलाई संगीत की कुछ आवाज़ कानों से सुनती हूं—पर आवाज़ इतनी मद्धिम है कि इलाही नाद जैसे संगीत का, और विस्फोट जैसे गर्जते संगीत का फ़र्क नहीं पहचाना जाता...

मैं कुछ देर उसी तरह समुद्र के किनारे खड़ी रहती हूं। यह शाम का वक़्त है, पर दूर पार तक फैला समुद्र इस तरह लगता है, जैसे एक अंधेरा जल-थल बह रहा हो...

मैं इलाही नाद को एक बार फिर सुनने की तमन्ना से आसमान की ओर देखती हूं, कान लगाती हूं और उस नाद का कुछ अहसास-सा भी होता है, पर यह पहले की तरह सुनाई नहीं देता...लगता है–यह कहीं बहुत दूर है...

फिर समुन्दर की ओर से लौटती हूं। सामने कुछ चढ़ाई दिखाई देती है, जिस पर चढ़ती हूं, और देखती हूं कि मैं एक क़िले की छत पर पहुंच गई हूं। फिर सामने की ओर सीढ़ियां दिख़ाई देती हैं। मैं सीढ़ियों के सिर पर खड़े होकर नीचे सीढ़ियों की ओर देख रही होती हूं कि सीढ़ियों के बीच में इंदिरा जी खड़ी दिखाई देती हैं, इस तरह जैसे अभी दाईं ओर के एक कमरे में से निकलकर, सीढ़ियों में आई हों। मेरे आंसू निकल पड़ते हैं। मुंह से कुछ बोला नहीं जाता, पर इंदिरा जी ऊपर सीढ़ियों के सिरे की ओर देखती हैं और कहती हैं-देख, रोना नहीं! तुम्हें लिखना है। अभी तुमने जो खलाई संगीत सुना था, उसे भी लिखना है...

मैं तड़पकर कुछ कहना चाहती हूं, पर इंदिरा जी का वजूद मेरे देखते-देखते वहां से लोप हो जाता है और सामने ख़ाली सीढ़ियां रह जाती हैं—नीचे किसी पाताल की ओर उतरती हुई...

27 और २८ नवम्बर की रात डेढ़ बजे

आसमान की मोमबत्ती

प्रबोध सान्याल बंगाल के वो कथाकार थे, जिन्होंने राहों की दरगाह पर पैरों की न्याज़ दी थी।

वह क़रीब नौ बार पूरे भारत की पगडंडियों पर चलते रहे। तिब्बत का कोना-कोना देखते हुए जब रूस गए, तो इस ब्यौरे को उन्होंने पांच जिल्दों में लिखा। उन के लफ़्ज़ों में–'जिन रातों को लोग नर्म बिस्तर पर इत्मीनान की सांस लेते हैं, मैं अपनी जूती की एड़ियों से राहों के कंकर निकालता हूं।'

उनके साथ मेरी पहली मुलाक़ात नेपाल में हुई थी, 1960 में। फिर दो साल के बाद दिल्ली में अचानक फ़ोन पर उनकी आवाज़ सुनी, "देखो, अमृता, मैं चांद की चाल चलता हूं, जब राहों पर चल निकलना हो, तो चांदनी का सहारा बना रहता है, आसानी से रास्ता नहीं भूलता। इस धरती की रुकावटों और कठिनाइयों के वक़्त यह आसमान की मोमबत्ती बहुत मददगार होती है, तुम्हारा घर शहर से बहुत दूर है, मैं तुमसे उस दिन मिलने आऊंगा, जब आसमान में चांद की फांक कुछ बड़ी हो जाएगी, और लौटते हुए मुझे रास्ता मिल जाएगा।"

और फिर कुछ सोचते हुए उन्होंने कहा, "मंगलवार को सब लोग अशुभ मानते हैं। मैं मंगलवार तुमसे मिलने के लिए आऊंगा। जब दो लेखक मिलेंगे, तो बेचारा मंगलवार शुभ हो जाएगा।"

उस वक़्त मैंने कहा, "मैं जानती हूं कि मेरी पंजाबी शायरी आप तक नहीं पहुंचेगी और आपकी बंगला कहानी मेरे तक नहीं पहुंचेगी, लेकिन आप आइए, हम इन फूलों की बातें नहीं करेंगे, मन की उस धरती की बात करेंगे, जहां हमारी नज़्मों और कहानियों के फूल खिलते हैं।"

और फिर जब मंगलवार था, आसमान में चांद की फांक कुछ बड़ी हो चुकी थी। सान्याल आए, तो देखा, उन्होंने हाथ में कुछ अगरबत्तियां पकड़ी हुई थीं। आते ही कहने लगे, "तुम ने कहा था, हम मन की धरती की बात करेंगे, मैंने सोचा, बीते

प्रबोध कुमार सान्याल के साथ

हुए दिनों की जाने कितनी बत्तियां सुलग उठेगी, और वे अकेली न जलें, इसलिए ये अगरबत्तियां उठा लाया हूं।"

मंगलवार ने शुभ होने की सांस ली। चांद की फांक बाहर नीम के पेड़ पर बैठ गई और सान्याल इत्मीनान से मेरे कमरे में बैठ गए।

एक घड़ी बाद मैंने आहिस्ता से पूछा, "आपने यह क़लम की राह कैसे पकड़ ली?"

वह हंस दिए, कहने लगे, "राह तो एक लड़की की थी, उसी राह चला था, लेकिन उस मायाविनी ने सूरत बदल ली, लड़की से लेखनी बन गई।"

मैं भी हंस दी, पूछा, "क्या नाम था उस जादूगरनी का?"

वह कहने लगे, "नोनटू।"

मैंने पूछा, "और यह सब कुछ जो क़लम को दे दिया, यह सब नोनटू को देना था?"

वह मुस्करा दिए, "हां देना था, पर उसके हाथ छोटे थे, ले नहीं पाई। फिर देखा—हर लड़की के हाथ छोटे होते हैं। मैं जो भी उसको देता रहा, वह सब उसके हाथ से छूट जाता रहा। इसीलिए फिर सब कुछ क़लम को दे दिया। इस कम्बख़्त की हथेलियां बहुत बड़ी हैं। मैं क़रीब नब्बे पुस्तकें इसे दे चुका हूं, फिर भी इसके हाथ ख़ाली से दिखते हैं। इसीलिए पैरों के रास्ते बांधकर मैं हमेशा चलता रहता हूं, और इसी के लिए कहानियां ढूंढ़ता रहता हूं।"

मैंने कहा, "देखो, हमारे पंजाब में एक कहावत कही जाती है—अगर किसी की जूती का एक पांव दूसरे पांव पर रखा जाए, तो उसे मुसाफ़िर बनना होता है।"

सान्याल खुलकर हंस दिए, कहने लगे, "मेरी जूती जाने किस मोची ने बनाई थी। मैं जब पहली बार घर से भागा था, तो ग्यारह बरस का था, और जब भी पैरों की जूती उतार कर कुछ देर पैरों को सहलाना चाहा, तो इसने मुझे बैठने नहीं दिया। आज तक क़रीब पांच सौ बार घर से भाग चुका हूं।"

मैं हैरान हुई, "पांच सौ बार! और पहली बार तब जब आप सिर्फ ग्यारह साल के थे?"

वह कहने लगे, "मेरे होश में तो वह पहला मौक़ा था, लेकिन मेरी मां बताती हैं कि वह दूसरा मौक़ा था। पहली बार जब मैं पांच बरस का था, तो घर के लोग मुझे हावड़ा स्टेशन से ढूंढकर लाए थे। जाने क्यों मैं हमेशा स्टेशन पर खड़े हो कर गाड़ियों

को देखता रहता था, गाड़ियों के पहियों को। मैं जान नहीं पाता था कि मुझे कहां जाना है, किसके पास जाना है, पर इतना जान पाता था कि मुझे कहीं जाना है।"

उस वक़्त मुझे बालज़ाक़ याद हो आया, और यही उनसे कहा, "आपने बालज़ाक की जिंदगी ज़रूर पढ़ी होगी, वह अकेले में अपनी प्रेयसी की कल्पना किया करता था, लेकिन जान नहीं पाता था कि आख़िर वह दुनिया के किस हिस्से में रहती है। एक बार उसके एक नॉवल को पढ़कर पोलैंड की एक औरत ने उसे बहुत प्यारे ख़त लिखे थे और बालज़ाक जब ज्योतिषियों से पूछने गया कि उसके ज़हनी तसव्वुर की प्रेयसी दुनिया में कहां मिलेगी, तो एक ज्योतिषी ने बताया कि वह पूर्व दिशा में मिलेगी। उस वक़्त बालज़ाक को वे ख़त याद आए, जो पोलैंड से किसी स्त्री ने लिखे थे और पोलैंड फ्रांस के पूर्वी भाग में था, और हमारे बालज़ाक साहब बिस्तर बांधकर फ्रांस से पोलैंड चल दिए थे।"

सान्याल हंसने लगे, कहने लगे, "मैंने बालज़ाक की क़िस्मत नहीं पाई, मुझे किसी ज्योतिषी ने दिशा तक नहीं बताई, इसलिए मुझे चारों दिशाओं में घूमना पड़ा। पहली बार बनारस गया था, पश्चिम की ओर। फिर बर्मा गया, पूर्व की ओर, आगे जापान जाना चाहता था, लेकिन बर्मा की पुलिस ने मुझे क्रांतिकारी समझ कर हिरासत में ले लिया, उसी कारावास के अनुभव पर मैंने पहली किताब लिखी थी।"

मैंने फिर हंस कर पूछा, "इन लंबी राहों पर कहीं किसी के हाथ ने आपको बांधा नहीं?"

वह कहने लगे, "मैं क्षणों में जीता हूं। क्षण-भर के लिए कहीं ठहर भी जाता हूं, कहीं बंध भी जाता हूँ, पर नहीं जानता कि यह कैसा श्राप है, मेरे हाथ सब रस्सियां तुड़ा लेते हैं। शायद यह तक़दीर सब कलाकारों की होती है। आप ऐसा नहीं सोचती?"

मैंने कहा, "तकदीर तो शायद यही होती है, पर नज़रिया यह नहीं होता। शायद ज़रूरतों की तरह औरत का मिजाज़ भी अलग होता है। मैंने तो एक ही तसव्वुर में ज़िंदगी गुज़ार दी।"

सान्याल कहने लगे, "अपनी कल्पना की पीड़ा मैं अपनी कहानी के किरदार को दे देता हूं, और स्वयं उससे मुक्त हो जाता हूं।"

उनके चेहरे पर आई मुस्कराहट को देखकर याद हो आया कि दो साल पहले जब मैं नेपाल में उनसे मिली थी, तो हर शाम की शेर-ओ-शायरी में नेपाल के कुछ

एक शायर मेरी एक खास नज़्म की फ़रमाइश ज़रूर करते थे, और वह नज़्म मैं जब भी दोहराती थी, सान्याल ख़ामोश से बैठे हुए कुछ इसी तरह मुस्करा देते थे, जब नेपाल में आख़िरी शाम थी, उसी नज़्म की फिर से फ़रमाइश हुई थी, और मैंने, कुछ हैरान-सी ने सान्याल की तरफ़ देखा था, वह खामोश थे, पर नज़्म पढना थी, पढ़ दी।

फिर तुम्हें याद किया—हमने आग को चूम लिया,
इश्क ज़हर का प्याला है, हमने फिर से एक घूंट मांग लिया।

और उस दिन सान्याल ने एक खौफ़ज़दा-सी आवाज़ में कहा था, "अमृता, मुझे तुम्हारी इस नज़्म से डर लगता है, अपने लिए नहीं तुम्हारे लिए, इस आग को लेकर तुम्हारा क्या होगा?" "

यह सचमुच एक पेशीनगोई थी। वह 1960 का बरस, बाद में मेरे लिए एक क़यामत-सा हो गया था। इमरोज़ की मुहब्बत ने क़यामत का दिन दिखा दिया था।

और अब दो साल के बाद ज़िंदगी की आंधियां झेलकर मैं क़यामत को क़बूल चुकी थी, इसलिए सहज मन कहा, "हम सब लोग अपनी पीड़ा अपनी कहानियों को सौंप देते हैं, लगता है, हम मुक्त हो गए, पर होते नहीं हैं, इसीलिए हम फिर से कहानी कहते हैं, फिर से नज़्म कहते हैं।"

वह सहमत हुए, कहने लगे, "इसीलिए एक यात्रा के बाद मैं फिर किसी यात्रा पर चल देता हूं।"

मैं नहीं जानती कि उनकी जिंदगी की तल्खियां क्या थीं, पर वो ख़ामोश कमरे में अगरबत्तियों की तरह जलती रही।

और जब चांद नीम के पेड़ से उठकर अपनी राह चल दिया, तो सान्याल भी अपनी राह चल दिए। सिर्फ़ अगरबत्तियों की सुगंधि थी, जो बहुत देर मेरे कमरे में बैठी रही।

अब सांयाल इस दुनिया में नहीं हैं, लेकिन कभी-कभी जब आसमान की ओर देखती हूं, चांद बढ़ता हुआ दिखाई देता है, तो लगता है कि सान्याल अब भी कहीं सितारों की गलियों में घूमते होंगे, कभी रास्ता भी भूल जाते होंगे. फिर पैरों की जूती से कॉस्मिक धूल को झाड़ते हुए, चल देते होंगे, और यह आसमान की मोमबत्ती कितनी ही राहों पर उनकी मददगार होती होगी।

अंतिम ख़ामोशी से पहले

जैनेन्द्र जी की आत्मा का पहला दर्शन मैंने एक ख़त के माध्यम से किया था। ख़त भी नहीं, एक पोस्ट कार्ड था, और वह भी मुझे मुख़ातिब नहीं था—दिल्ली रेडियो के एक कर्मचारी थे–उनके नाम था ...

मैं जैनेन्द्र जी के नाम से वाक़िफ़ थी–सूरत से वाक़िफ़ नहीं थी, उन दिनों आज से क़रीब चालीस साल पहले, मेरा एक नॉवल छपा था, 'डॉक्टर देव'। नहीं जानती, जैनेन्द्र जी के पास कैसे पहुंचा था, लेकिन अपने एक मित्र को पोस्ट कार्ड लिखते हुए, उन्होंने उसका ज़िक्र किया था कि इन दिनों एक नॉवल पढ़ा है–'डॉक्टर देव', जो बहुत अलग सा लगा...

उन दिनों मैं दिल्ली रेडियो में मुलाज़मत करती थी, इसलिए हिंदी विभाग में जैनेन्द्र जी के जो मित्र थे—उन्होंने मुझे उनका ख़त दिखाया था। यह तो बहुत बाद में जब मुलाक़ात हुई, तो जैनेन्द्र जी ने कहा–"तुम्हारी जो ममता है, 'डॉक्टर देव' की ममता, उससे प्यार हो आता है, वह पति से अलग होती है, तो कुछ भी लेना स्वीकार नहीं करती। कहती है–बीते हुए पत्नीपन को मैं बेच नहीं सकती...और वे मुझे पूछने लगे—तूने कहां पाई वो औरत। ऐसी औरतें तो होती नहीं।"

मैं हंस दी थी, कहा—"ऐसे जैनेन्द्र भी तो नहीं होते, जो किसी के आत्म-गौरव को पहचान सकें।"

मानती हूं कि जिस जैनेन्द्र ने अपने 'त्याग-पत्र' की मृणाल को तराशा था, उसकी निगाह में मेरे 'डॉक्टर देव' की ममता ठहर जाए, यह स्वाभाविक था, लेकिन जिस लेखक को वो जानते नहीं थे, किसी दूसरे से उसकी बात करना, उनकी शख़्सियत का ऐसा पहलू था, जो अक्सर कहीं देखने में नहीं आता...

मैं उन दिनों पटेल नगर में थी। जैनेन्द्र जी एक मेहरबान वक़्त की तरह कभी-कभी वहां आ जाते। फिर एक दिन ऐसा हुआ कि जब जाने लगे— उन्होंने कहा–"मुझे तीस पैसे दो! जब बस में आया था, एक तरफ़ का टिकट लिया, तो यह भूल गया कि आती बार भी टिकट लेना होगा..."

अमृता, सिंघवी, जैनेन्द्र जी

पहले तो मैं हंस दी "तो फिर जाना नहीं होगा। जाने के लिए तो आप आए नहीं थे..."

वो भी हंस दिए, लेकिन दरवाज़े की ओर बढ़ते हुए बोले–"तीस पैसे दो!"

मैंने एक नोट उनकी तरफ़ बढ़ाया, तो उन्होंने हाथ पीछे कर लिया। कहने लगे–"सिर्फ़ तीस पैसे दो। टिकट तीस पैसे का आता है..."

मैं उस दार्शनिक की ओर देखती रह गई, फिर कहीं से नोट तुड़वाया, और उन्होंने तीस पैसे उठा लिए...

वो चले गए, लेकिन सचमुच कुछ था, जो उनका वहीं रह गया, जिसको लौटा लाने के लिए, वो टिकट के पैसे लाना भूल गए थे...

और उनका जो प्रभाव मेरे पास रह गया था, फिर शायद उसी का तक़ाज़ा था कि मैंने उनका नॉवल 'त्याग-पत्र' पंजाबी में अनुवाद किया। किताब छपने पर जब प्रकाशक की ओर से उसकी पहली कॉपी उन्हें भिजवाई गई, तो साथ किताब की रॉयल्टी का चैक भी था—जिसे किताब से अलग करते हुए वो मुझे कहने लगे...तेरे नाम का चैक कहां है?"

मैंने कहा–"वो नहीं है, क्योंकि मैंने पैसे के लिए अनुवाद नहीं किया है..."

जैनेन्द्र जी तनिक तीखी सी आवाज़ में कहने लगे.."फिर यह भी प्रकाशक को वापिस दे दो। मैं नहीं लूंगा...."

मैं हंस दी, कहा–"अच्छी बात है। फिर तो प्रकाशक सिर्फ़ उन्हीं लेखकों की किताब छापेगा, जो चैक लौटा देते हैं..."

उस दिन मैं ही जानती हूं कि कितनी मुश्किल के बाद वो उस रक़म को ले पाए थे...

याद आता है...जब मैं पटेल नगर छोड़कर हौज़ख़ास में रहने लगी, तब इर्द-गिर्द आबादी नहीं थी। इसलिए सिर्फ़ एक बस चलती थी, जो महरौली से आती थी, और कई बार घंटों उसका इंतजार करना पड़ता था, खासकर दोपहर के समय।

एक बार जैनेन्द्र जी आए, तो वापसी पर उन्हें छोड़ने के लिए मैं उनके साथ सड़क पर जा कर खड़ी हो गई—बस के इंतजार में। तब कहीं कोई शैड नहीं होता था। वहां सड़क के किनारे पर कुछ बड़े-बड़े पत्थर पड़े थे, जहां हम बस के इंतजार में बैठे थे। उस दिन जैनेन्द्र जी हंस दिए–"यह जो तुममें एक बात है कि तुम सड़क के किनारे एक पत्थर पर भी बैठ सकती हो, यही है, जो मैं तुम से मिलने चला आता हूं..."

और कहने लगे, "एक बार मैंने रेलवे स्टेशन पर किसी को देखा। वो बहुत माने हुए व्यक्ति थे, लेकिन गाड़ी के तीसरे दर्जे में बैठे थे, और उन्होंने अपने को कुछ इस तरह समेट लिया कि कहीं मैं उन्हें तीसरे दर्जे में बैठे हुए न देख लूं. यह जो अपने को जानने की मायन्ता है...बाहर के आडम्बर से, इससे एक ग्लानि सी हो आती है..."

उस दिन भी लगा, मैंने जैनेन्द्र जी की आत्मा को कहीं पास से छूकर देखा है...

और इन सब वाक़यात से पहले की बात है...एक बार मैं रोम्यां रोलां को पढ़ रही थी, उस किताब को जिसमें रोम्यां रोलां ने अपने अंतर में उतर कर लिखा था–'मैं मुश्किल से बारह वर्ष का था, जब मेरी शाश्वत प्रेमिका ने मुझे अपना बना लिया था। अब वो हर समय मेरे पास रहती है...अगर कोई सब पर्तों को उठा सके, तो वो मेरे अंतर में एक उस बत्ती को देख सकता है, जहां आत्मा चुपचाप जलती हैं..."

यह उन दिनों की बात है, जब दिल्ली में पहली एशियन राइटर्स कॉन्फ्रेंस हुई थी और इत्तफाक हुआ कि उस कॉन्फ्रेंस में आए हुए रोमानियां के एक बहुत प्रसिद्ध लेखक ज़हारिया सटांकू से मेरी मुलाकात हुई, तो वो अपने पहले नॉवल की बात करते हुए कहने लगे...मेरे उस नावल का नाम है 'नंगे पैर' । जब मैं बच्चा था, पास के घर में एक लड़की थी, जो मेरे साथ खेलने के लिए हमेशा नंगे पैर दौड़ती आती थी। वही पैर मेरे अंतर में इस तरह समा गए कि जब हाथ में क़लम ली, तो वही पैर मेरे सामने थे...इसीलिए जो नावल लिखा, उसका नाम था–'नंगे पैर...'

और जब मैंने पूछा कि क्या उस नंगे पैरों वाली लड़की ने आपका नॉवल पढ़ा है? तो वो कहने लगे–पढ़ा भी होगा, तो उसने अपने को पहचाना नहीं होगा-मेरी जिंदगी में बरसों एक हसरत सी थी कि अब कभी मैं उसे देख पाऊं। इसलिए जब एक शहर में उसका पता पाया, तो मिलने चला गया। घर के बाहर बहुत से पहरेदार थे, वर्दियों में सजे हुए, और उन सब से गुजर कर भीतर गया, तो भी कितने ही कमरे रास्ते में आए। और जब वो सामने आई, तो उसके दाएं-बाएं कितनी दासियां थीं कि मैं घबराकर उसके चेहरे की ओर नहीं, उसके पैरों की ओर देखने लगा...लेकिन पैर भी रेशम के स्लीपरों में लिपटे हुए थे "उस दिन के बाद फिर कभी मेरी हिम्मत नहीं हुई उसे देखने की। लगा कि वो नंगे पैरों वाली लड़की मेरे ज़ेहन से खो जाएगी...

वही ज़हारिया सटांकू की नंगे पैरों वाली लड़की थी, और रोम्यां-रोलां की वो प्रेमिका, जो उसके भीतर आत्मा की तरह चुपचाप जलती रही कि इनकी बातें करते हुए एक दिन मैंने जैनेन्द्र जी से पूछा–"आपकी जो मृणाल समाज की हर मर्यादा से बड़ी हो गई—उस मृणाल की चिनगारी आपके भीतर कब से पड़ी हुई थी?"

जैनेन्द्र जी ने अपने दार्शनिक अंदाज़ से मेरे सवाल को इधर-उधर नहीं किया, कहने लगे–"मैं बारह-चौदह बरस का था, और पड़ोस की एक लड़की को जब भी देखता था, तो लगता था कि उसने शबनम के वस्त्र पहने हुए हैं...वो सूती रहे होंगे या रेशमी... मैं नहीं जानता, मुझे तो शबनम के दिखाई देते थे..."

मैंने इश्तियाक से पूछा, "फिर?"

"फिर कुछ नहीं".. वो कहने लगे, "मेरी मां ने मुझे मामा के यहां भेज दिया था, पढ़ने के लिए...और जब कुछ बरसों के बाद लौटा, तो वो लोग जाने कहां चले गए थे... किराए का मकान था, छोड़ गए थे..."

पूछा–"फिर कभी उसे देख नहीं पाए?"

वो कहने लगे–"नहीं, शायद देख पाता, तो उसके वस्त्र सूती या रेशमी दिखाई देते, लेकिन मैं तो वही शबनम के वस्त्र अपनी याद में बनाए रखना चाहता था...मन में उसका नाम भी रख लिया था–महारानी।"

मैं सोच रही थी कि वो महारानी क्या जानती होगी कि उसने जैनेन्द्र जी की क़लम से कितने नाम अख़्तियार किए? इसलिए पूछा—शायद उसने आपकी कहानियां पढ़ी हों?"

वो कहने लगे–"पढ़ी भी होगी, तो पहचान नहीं पाई होगी। तब मेरा नाम जैनेन्द्र नहीं था। शकट चौथ को पैदा हुआ था इसलिए उसी नाम से जाना जाता था..."

फिर देखा कि यह एक नुक्ता था...जहां मैं और जैनेन्द्र जी कभी हमख्याल नहीं हो पाए। उनका हमेशा एक यक़ीन बना रहा कि जो कल्पना ज़हन में सुलगती है, वो घर-बार चलाने के लिए नहीं होती...और मेरा यक़ीन अपनी जगह कायम रहा कि जो कल्पना हक़ीक़त के आंगन में पैर रखते ही टूट जाती है, वो कच्ची मिट्टी की होगी...

जैनेन्द्र जी हंस देते, लेकिन उनकी दार्शनिक आवाज तीखी हो जाती–"अच्छा, तुम इमरोज़ से मुहब्बत करती हो, लेकिन छः महीने साथ रह कर देखो। जब धोबी के कपड़े गिनने पड़ेंगे, तो बताना। छः महीने तो बहुत होते हैं, छः हफ़्ते भी जिंदगी नहीं चलेगी..."

आगे वाले बरसों में मैं और इमरोज़ जाने कितनी बार जैनेन्द्र जी से मिले। वो कुछ एक बार घर पर आए और कुछ एक बार किसी-न-किसी समागम में भी मिलना हुआ, लेकिन बरसों बाद भी जाना कि उनका यक़ीन वहीं पर खड़ा है। कभी बात चलती, तो वही लफ़्ज़ कहते–"हां, इस तरह तो ज़िंदगी-भर चल सकता है...कभी छः हफ़्ते इकट्ठे रह कर देखो?"

मैं उन्हें बार-बार याद दिलाती–जैनेन्द्र जी, पांच बरस हो गए हम इकट्ठे हैं...दस बरस हो गए हैं. बीस बरस हो गए हैं...पचीस बरस हो गए हैं। ...और यह बरसों का हिसाब उन्हें हर बार भूल जाता...शायद शबनम की एक ओट थी उनके सामने, जिसके पार वो देखना नहीं चाहते थे...

लगा एक दार्शनिक दृष्टि उन्होंने इसी से पाई है, और वही उनके लिए सहज थी, वही उनका सच थी, और उसी सब का बल उनकी वाणी में था..

मैंने जिस भी समागम में उन्हें सुना, मन्त्र मुग्ध सी सुनती रही। जिस नुक्ते पर मेरा उनसे इख़्तलाफ़ था, वो क़ायम रहा, लेकिन जो उनके लिए सच था और सहज था उसका आदर भी मेरे मन में उसी तरह बना रहा...

और जब पता चला कि उनकी वाणी खो गई है, मैं उनके पास गई, तो वो एक हाथ से मेरे सर को छाती से लगा कर जिस तरह से रो दिएं, वह मेरा कंपन ही मेरे से झेला नहीं गया..

आज के इस स्याह दौर में...जिनके पास भी कुछ कहने को है, वो सचमुच कहीं खो गया है। अक्षरों का व्यापार कुछ इस तरह चल निकला है कि अर्थों की वाणी खो गई है, लेकिन इस बेइन्तहा दर्द में, यह दर्द अलग से सुलगता है कि जैनेन्द्र जी हैं, लेकिन उनकी वाणी नहीं है..

जाने कितनी बार जैनेन्द्र जी के पास जाने को उठती हूं, लेकिन पैरों में एक कंपन उतर आता है। लगता है...उनकी बेकसी मुझ से झेली नहीं जाएगी...

मैं कुछ एक बरसों से, ऐसे हालात से गुज़र रही हूं, जहां अपने कानों से तरह-तरह का झूठ सुनना होता है, लेकिन अपनी ज़बान से एक हर्फ़ भी कहना नहीं होता, और इस तरह के झूठ को ज़हर के एक प्याले की तरह चुपचाप पी जाना होता है, लेकिन जानती हूं कि आखिर कहीं तो इसकी सीमा है। चंद दिनों के बाद नहीं, चंद महीनों के बाद नहीं, चन्द बरसों के बाद ही सही...और मेरी आवाज़ मेरी ख़ामोशी के साए में खड़ी उस ओर देखती रहती है...जिस ओर कहीं इस ख़ामोशी की सीमा होगी...

मैं अपनी इस बेबसी को झेल जाती हूं...लेकिन जब जैनेन्द्र जी का ख़्याल आता है, तो झेल नहीं पाती। खदाया! यह कैसी ख़ामोशी है...जिसकी सीमा नहीं है!

क़ुदरत के आंचल में

श्री रजनीश जब इंसान के एक शरीर में सात शरीरों की व्याख्या कर चुके कि स्थूल-शरीर के अंदर सूक्ष्म-शरीर क्या है, उसके अंदर अति सूक्ष्म-शरीर क्या है, उसके अंदर मानस-शरीर कौन सा है, उसके अंदर आत्मिक-शरीर कौन सा है, उसके अंदर ब्रह्म-शरीर क्या है, और आख़िर में सातवां-शरीर निर्वाण शरीर क्या है, तो किसी ने सवाल किया–"किस शरीर में प्रवेश होने से, मौत के बाद किस तरह का पुनर्जन्म होता है? हमें ब्यौरे से बताइए" तो उस समय रजनीश ने जो ब्यौरा दिया, उसका संक्षेप है–

"हर अस्तित्व में सातों शरीर मौजूद होते हैं–जागे या सोए हुए। लोहे के टुकड़े में भी, चाहे सातों सोए हुए। एक पौधे में पहला जाग रहा है, इसलिए उसमें ज़िंदगी की झलक दिखाई देनी शुरू हो जाती है–एक पशु में दूसरा भी कार्यशील हो गया, इसलिए उस में गति शुरू हो गई। गति के लिए दूसरा शरीर जागना ज़रूरी है।

"एक फ़र्क़ समझ लेना ज़रूरी है–कार्यशील हो जाना—जाग जाना नहीं होता ...इंसान में तीसरा भी कार्यशील होता है। वह मन की यात्रा करता है, वह आने वाले काल की चिंता भी करता है, और बीत गए काल की भी, क्योंकि तीसरे शरीर के कार्यशील होने से मन की गति और सूक्ष्म हो जाती है।

"चौथा-शरीर बहुत थोड़े-से लोगों में कार्यशील होता है। ज़्यादातर लोगों में वह सोया रहता है, और वे बहुत ही थोड़े लोग होते हैं, जिनमें चौथा शरीर जाग जाता है, चेतनमय हो जाता है।

"यही हालत चौथे शरीर की बुनियाद बनती है जिनके मुताबिक इस ज़िंदगी के बाद इंसान प्रेत-योनि या देव-योनि अख़्तियार करता है—चौथा शरीर कार्यशील हो गया हो, पर चेतनमय न हुआ हो, तो मौत के बाद इंसान-प्रेत-योनि में जाता है, और अगर चेतनमय हो गया हो, तो देव-योनि में। प्रेत-योनि और देव-योनि का फ़र्क़ सिर्फ़ इतना होता है कि इस जन्म में इंसान का चौथा शरीर कार्यमय हुआ था कि चेतनमय।

डॉ. लाल के साथ

"प्रेत-योनि में चेतना नहीं होती, सिर्फ़ क्रिया होती है, इसलिए प्रेत हज़ार तरह के नुक़सान करते हैं, और देव-योनि में जा चुकी आत्माएं चेतनमय होती हैं, इसलिए वे इंसान की कई तरह से सहायता करती हैं...

"यह सोई-सोई यात्रा सिर्फ़ चार शरीरों तक होती है, पर अगर इनकी यात्रा करता हुआ इंसान जाग जाए, उसकी मूर्छा टूट जाए, वह चेतनशील हो जाए, तो पांचवें शरीर की यात्रा होती है–उसमें कार्यशील होने के और चेतनशील होने के एक ही अर्थ हो जाते हैं, पर इससे पहले तक के दोनों रास्ते अलग-अलग होते हैं। औरत और मर्द का फ़ासला भी सिर्फ़ चौथे शरीर तक रहता है। यह द्वैत और दविधा का फासला होता है-जो मौत के बाद प्रेत-योनि और देव-योनि बनाता है। इन दोनों योनियों की यात्रा वहां रुक जाती है। आगे की यात्रा करने के लिए दोनों योनियों वालों को एक बार पीछे लौटना पड़ता है–इंसान योनि में आना पड़ता है..

"प्रेत-योनि कई तरह के उपद्रव कर सकती है, इसलिए चेतना को पाने के लिए उसे फिर इंसान की कर्म-योनि में आना होता है। देव-योनि शांत होती है, सुखी होती है, और सुख में अगली यात्रा की उसकी जिज्ञासा भी शांत हो जाती है। इस जिज्ञासा को जगाने के लिए उसे फिर एक बार इंसान की कर्म धरती पर आना होता है।

"मनुष्य-योनि में हर यात्रा की संभावना होती है, और अगर उसकी यात्रा अपने पांचवें शरीर में प्रवेश कर जाए, तो वह योनि-मुक्त हो जाती है। योनि का अर्थ है–गर्भ-प्रवेश। इंसान की चेतना जब पांचवें शरीर में पहुंच जाए, पांचवें मुक़ाम पर, तो वह फिर गर्भ-प्रवेश नहीं करता, इसी को मुक्ति कहते हैं, मोक्ष कहते हैं।

इस अवस्था में वह अनंतकाल तक रुक सकता है, क्योंकि इस अवस्था में न सुख है, न दुःख। यहां सुख दुख का बंधन नहीं रहता, और अगली यात्रा इसलिए नहीं होती कि उस की जिज्ञासा ख़त्म हो जाती है। इसीलिए महान् साधक अपने अंदर परम् जिज्ञासा का बीज धारण करते हैं कि पांचवें शरीर में पहुंच कर वह अगली यात्रा के लिए भी जिज्ञासा को क़ायम रख सकें। पांचवें शरीर तक पहुंच कर बाहर का सब बंधन टूट जाता है, पर 'स्व' का बंधन फिर भी बना रहता है। इसलिए छठे शरीर तक पहुंचने के लिए, एक जन्म और लेना होता है।

"पांचवें शरीर में पहुंच कर योनि का सवाल ख़त्म हो जाता है, किसी के गर्भ में से जन्म लेने का सवाल ख़त्म हो जाता है, इसलिए छठे शरीर तक पहुंचने के लिए जो एक जन्म और लेना होता है, वह अपने 'स्व' में से लेना होता है। यह आत्म-गर्भ होता है।

"इसीलिए ब्रह्म-ज्ञानी को 'द्विज' कहा जाता है, 'द्विज' का अर्थ आत्म-शरीर में से दूसरा जन्म लेना होता है। यह अंतर-गर्भ में से होता है, अंतर-योनि में से।

"इस जन्म में कोई आप ही अपनी मां होता है, आप ही अपना पिता, और आप ही अपना पुत्र। इसमें पहली अवस्था तक जन्म भी किसी दूसरे की योनि से होता है, इसलिए अगर जन्म अपना नहीं, तो मौत भी अपनी नहीं होती। जन्म भी पराया होता है, और मौत भी पराई होती है।

"यह असल अर्थों में न तुम्हारा जन्म हुआ, न तुम्हारी मौत हुई। जन्म दिखाई देता है–फ़लां के घर हुआ, पर मौत दिखाई नहीं देती कि आगे वह तुम्हें कहां ले जाएगी। इसलिए असल जन्म वह होता है, जो आत्म-गर्भ में से होता है, और उस वक़्त पता होता है कि यह मौत तुम्हें निर्वाण तक ले जाएगी।

"इस छठे शरीर तक जो इंसान यात्रा कर लेता है, फिर वह चाहे तो उसका पुनर्जन्म अवतार के रूप में होता है। वह इस जन्म की शारीरिक मौत के बाद जब फिर दुनिया में आता है, तो अवतार के रूप में आता है। उसी को हम बुद्ध कहते हैं, या राम, कृष्ण और ईसामसीह कहते हैं।

"सातवां शरीर निर्वाण होता है–वह अनंतता, जिसकी छठे शरीर की आख़िरी सीमा पर खड़े होकर सिर्फ़ झलक देखी जा सकती है, कुछ कहा नहीं जा सकता। बोधि वृक्ष के नीचे बैठ कर जो कहा जाता है कि बुद्ध को निर्वाण प्राप्त हआ था, वह सातवें शरीर की झलक थी, जो छठे की सीमा पर खड़े होकर मिली थी। उस झलक को पाकर बुद्ध चालीस साल उस सीमा पर खड़े रहे, और इसके बाद जब इस शरीर को त्याग दिया, तो अगली अवस्था को निर्वाण नहीं, महानिर्वाण कहा गया। उस सातवें शरीर की ख़बर देने वाला फिर कोई रास्ता नहीं रहता। उसके बारे में जो कुछ भी कहा जाता है, वह छठे शरीर की सीमा पर खड़े होकर कहा जाता है।"

मौत के बाद

श्री रजनीश जी की यह व्याख्या, मेरी जिज्ञासा ने आज रजनीश की कई पुस्तकों में से गुज़रते हुए ढूंढी है, इसके लिए मेरी जिज्ञासा चिर काल से थी, पर इस 1990 के बरस फरवरी महीने की 18 तारीख़ की प्रभात होने वाली थी, जब मैंने सामने डॉ. लक्ष्मी नारायण लाल को देखा।

मेरे समकालीन अदीबों में से बहुत थोड़े से हैं, जो अपने लिए मेरे मन में

कोई सम्मानित स्थान ले सके हैं, जो ले सके हैं, डॉ. लाल उन में से एक थे। उनकी अचानक मौत एक स्थान ख़ाली कर गई थी। उस प्रभात उनको देखा, तो मेरी यह 'चेतना' भी बनी हुई थी कि अब वह इस दुनिया में नहीं है। वह कहने लगे—इस वक़्त जिस सूरत में हूं, इसमें बहुत देर नहीं रह सकता। मैंने बड़े संकल्प के साथ कण-कण हुए तत्त्वों को एकत्र करके यह काया जोड़ी है, ताकि पहचान में आ सकूं। यह कण अभी फिर बिखर जाएंगे, और मैं फिर अपनी सूक्षम-काया में हो जाऊंगा, जिसमें हूं। मैं बताना चाहता हूं कि दुनिया वाली पांच-तत्त्व की काया को छोड़कर जब उसकी एक दुनिया आबाद होती है। जहां हर कोई तीन तत्त्व की काया में होता है। वहां भी प्रेम और पहचान के रिश्ते बनते हैं। मेरा भी बना है और मैं खुश हूं।

डॉ. लाल अभी उसी सूरत में थे, अभी उनकी काया के कण बिख़रे नहीं थे, जब मुझे जाग आ गई। डॉ. लाल की तीन-तत्त्व की काया में ज़रूर किसी चेतना ने कशिश डाली होगी कि उन्होंने अपने संकल्प के ज़ोर से बिखरे हुए कणों को जोड़ा और मेरी पहचानी हुई सूरत धारण करके आए, और मुझे आगे की दुनिया का एक रहस्य बताया।

यह मौत के बाद ब्रह्मांड की जो सतह होती है, जहां कुछ आत्माएं अपनी एक दुनिया बसाती हैं, और खुश रह सकती हैं। मेरी यही जिज्ञासा तीव्र हो गई थी कि आज श्री रजनीश जी के पुनर्जन्म के सिद्धांत को पढ़ते हुए मुझे लगा-डॉ. लाल ज़रूर देव-योनि में होंगे, जहां एक चेतना है, और जहां एक सुख है।

हो सकता है–देव-योनि से अगली यात्रा करने से पहले वह फिर इस दुनिया में आएंगे, जैसे रजनीश ने कहा है कि चौथे शरीर तक पहुंच कर अगर इंसान चेतनामय हो जाए तो देव-योनि में जाता है, पर अगली यात्रा से पहले उसको फिर इस दुनिया में जन्म लेना पड़ता है, इस कर्म क्षेत्र में, जहां अपने कर्म और चेतना के आधार पर वह उस पांचवें शरीर में प्रवेश पा सकता है, जहां पहुंच कर उसे योनि मुक्त होना होता है।

डॉ. लाल इस समय सुख में हैं, मन की शांत अवस्था में हैं, यह तो मैंने उनके मुंह से सुना है, पर फिर इस दुनिया में कब आएंगे, इसका कोई संकेत उन्होंने नहीं दिया।

और हो सकता है, जैसे रजनीश एक इशारा करते हैं कि देव-योनि में पहुंच कर अगर और जिज्ञासा न हो तो कई हज़ारों बरस उसी तरह उस योनि में रहता है और डॉ. लाल भी शायद उसी अवस्था में रहेंगे–शायद सैकड़ों बरस।

आईने के टुकड़े

1940 की बात है–एक दिन ईज़ल पर कैनवास चढ़ी हुई थी, उस पर उभरने वाली लकीरें और गोलाइयां अभी चित्रकार की कल्पना में ही थीं और उसके हाथ की बेचैन उंगलियां अभी पहनी हुई कमीज़ के बटन से उलझी हुई थीं।

बटन टूटकर फ़र्श पर गिर पड़ा। हाथ से गिरी हुई चीज़ को ढूंढने की मनुष्य को स्वाभाविक-सी आदत होती है, चित्रकार की आंखें फर्श को टटोलने लगीं। सफ़ेद गोल बटन लुढ़ककर कमरे के उस परले कोने में चला गया था, जहां कल आले से गिरकर एक आईना टूटा था।

आईने के छोटे-बड़े टुकड़े अभी वहीं पड़े हुए थे। चित्रकार जब झुककर बटन उठाने लगा–आईने के हर टुकड़े में उसे अपना बिंब दिखाई दिया। हर टुकड़े ने उसके साबुत बिंब को तोड़-कतरकर जैसे अपने जितना कर लिया था...

छोटे-बड़े शीशे के टुकड़े और चित्रकार के छोटे-बड़े अपने बिंब...

मनुष्य को अपना चेहरा अपने पिता में भी दिखाई देता है-श्रीहरगोबिन्दपुर का हवलदार सरदार देवासिंह, बाईस नम्बर रिसाले का सर्वेयर, गरजती-बरसती जवानी से गुज़रा और घर में भी ऐसा हाकिम था कि उसकी पत्नी उसका हुक्म न टालती थी, उससे थर-थर कांपती थी। नहीं तो वह अपनी पत्नी की हथेलियों को चारपाई के पांवों के नीचे दबाकर सारी रात खुद चारपाई पर सो जाता था।

चित्रकार ने आईने के जिस टुकड़े में अपने पिता का बिंब देखा था, जल्दी से उसकी ओर से आंखें हटा लीं, और फिर दूसरे टुकड़े में देखा। दूसरे टुकड़े में मां का चेहरा था, मां अच्छरां का, चढ़ी-तनी, रावलपिंडी की एक रूपवान औरत, जिसका किसी फोरमैन से ब्याह हुआ था, और एक बच्ची किशनी गोद में थी, जब उसका घर-बार उजड़ गया, उसके पति की मृत्यु हो गई, और वह बिचारी-सी होकर बच्ची का हाथ थामे दूसरी जगह बैठ गई थी—सरदार देवासिंह के घर। यह सन् 1895 था। देवासिंह की पहली पत्नी गुज़र चुकी थी और उसने अपनी बेटी लच्छी को नई मां की गोद में डाल दिया था।

सोभासिंह चित्रकार अमृता का बुत बनाते हुए

लच्छी और किशनी–एक मरी हुई मां की निशानी, एक मरे हुए पिता की निशानी, दोनों मिलकर खेलतीं तो ईश्वर से एक भाई मांगा करती थीं। एक भाई हुआ, संगतसिंह, पर छुटपन में ही जाता रहा और दोनों अर्ध-बहनें फिर ईश्वर से एक ऐसा भाई मांगने लगी, जो जिए।

चित्रकार ने उस शीशे के टुकड़े की ओर से दृष्टि हटाकर एक और छोटे-से टुकड़े में देखा–यहां उसका अपना चेहरा था—छोटा-सा, कोमल-सा, जिसे सब सोभा। पुकारते थे। यह सन् 1901 था।

फिर नन्हा-सा सोभा बातें और कहानियां सुनने योग्य हुआ। पिता से कहानी सुनता–"देख, भई लड़के! बहादुर बनना। तुम्हारे दादा चढ़तसिंह महाराजा रणजीतसिंह की फ़ौज में घुड़सवार थे। घुड़सवारी ऐसी जानते थे कि हाथ में पानी का कटोरा लेकर घोड़े को दौड़ाते, तो कटोरे से पानी की एक बूंद नहीं गिरती थी। म्यानी की लड़ाई में उन्होंने तीन गोलियां खाईं, पर पीठ की तरफ़ नहीं, दाहिने कंधे में, छाती की तरफ़।"

और छोटे-से सोभा की आंखों के सामने अपने दादा की वह बांह आ जाती, जिसमें तीन छेद पड़ गए थे, काले और गहरे छेद और छोटे-से सोभा का जी करता था, वह उन छेदों को भर दे, और स्वर्गवासी दादा की बांह फिर मज़बूत, साबुत और सुन्दर हो जाए...

टूटे हुए आईने का एक और टुकड़ा—मां बीमार पड़ी, पिता ने उसकी बीमारी से थककर उसे मायके भेज दिया, और फिर वह मरते-मरते, चार जनों के कंधे चढ़ने से पहले, दो कहारों से डोली उठवाकर बेटे का मुंह देखने के लिए बेटे के पिता की दहलीज़ में आकर बैठ गई।

बैठने योग्य नहीं थी, कठिनाई से सांस गिनती हुई दहलीज़ में लेटी हुई थी कि पिता ने चार बरस के सोभा की बांह पकड़कर मां को बेटा दिखा दिया। मां ने बेटे को देखा, पर बेटे ने मां को नहीं देखा। उस समय मां के मुंह पर पिता ने एक सफ़ेद पतला कपड़ा डाल रखा था, ताकि बेटे को मरने वाली मां की बीमारी न लग जाए। आईने के उस टुकड़े में–मां का चेहरा नहीं दिखाई दे रहा है, केवल इतना कि किसी औरत ने मुंह को सफ़ेद कपड़े से ढका हुआ है, और बेटे को एक बार गले से लगाने के लिए दोनों बाहें फैलाई हुई हैं...

सोभासिंह चित्रकार के सारे शरीर में रोमांच हो आया ...याद आया—पिता ने बांह से घसीटकर उसे परे कर लिया था, ताकि मरने वाली मां कहीं सचमुच उसे छाती से न लगा ले, और फिर शून्य में फैली हुई मां की बांहें वहीं, उसी पल, धरती पर गिर पड़ी थीं। उसकी मां मर गई थी।

आईने के एक और टुकड़े में, बे मां का छह बरस का सोभा सारे-सारे दिन गांव के ऊसरों की खाक छानता फिरता। एक दिन साथियों के साथ मिलकर पीठ की तरफ़ दोहरे होकर एड़ियों को हथेलियों से छूने का खेल खेलते हुए एक ऊंची जगह से गिर पड़ा और पांव की हड्डी तोड़ बैठा। गांव के हकीम ने हड्डी चढ़ा दी, पर मां जीवित होती, तो उसकी देखभाल करती—हड्डी फिर जगह से हिल गई और लड़का उसी तरह लंगड़ाता हुआ चलता रहा...

आईने के एक और टुकड़े में—छोटा-सा सोभा घर से चाकू चुराकर ले आता और रेतीले टीलों पर चला जाता। वहां रेतीली चट्टान को चाकू से खोद-खोदकर एक मूर्ति बनाता—अपनी तरफ़ से माता सीता की पर अंदर मन से अपनी मृत मां अच्छरां की...

लच्छी और किशनी दोनों बहनों के विवाह हो गए थे। पिता सोभा को झाड़ते-झिड़कते समय दो गालियां दिया करता था–एक, 'नामुराद!' और दूसरी 'सुसरे!' "वह मक्खियां दूसरी होती हैं, जिनका गू खाया जाता है, तूने तो, सुसरे! मूर्तियां ही बनानी हैं और भूखों मरना है।"–और कहा करता था, "नामुराद! अच्छा होता, अगर मेरे घर तेरी जगह कूंडी-सोंटा ही जन्म ले लेता, मैं नमक तो पीस लेता। तेरा क्या करूंगा?"

पिता को मुर्ग़ाबियों के शिकार का शौक़ था। सोभा जब घायल मुर्ग़ाबियों को आंगन में देखता, उसे अपना-आप भी घायल मुग़ाबियों जैसा लगता, और जब मुर्ग़ाबियों का मांस भूनकर पिता उसे खाने के लिए देता, तो सोभा थाली में से मांस की कटोरी निकाल देता... और पिता के आदेश का उल्लंघन करने का एक ही नतीजा होता–सोभा को मार पड़ती...

टूटे हुए आईने का एक और टुकड़ा-एक दिन सोभा घर से इस ख्याल से निकला कि आज मर जाना है। मरने का मगर कोई तरीक़ा नहीं मिल रहा था। सोचा-निमोनिया से लोग ज़रूर मर जाते हैं, सो निमोनिया हो जाए, तो मरना निश्चित हो जाएगा। दौड़-दौड़कर जब वह पसीने-पसीने हो गया, तो उसने नदी के ठंडे पानी में छलांग मार दी। वह जब सोकर उठता और जल्दी से रज़ाई से निकल जाता, तो उसका पिता सदा कहा करता था, "मर जाएगा, सुसरे! निमोनिया हो जाएगा।" सो सोभा ने सोचा कि आज तो निश्चित ही निमोनिया हो जाएगा, पर नदी में ख़ूब नहाकर जब वह बाहर निकला, तो उसके तपे हुए जी को ठंडक-सी पड़ गई थी। निमोनिया नहीं हुआ, और उसका जी जीने को करने लगा।

टूटे हुए आईने का एक और टुकड़ा—गांव में एक राय साहब की बहू थी। कहते हैं, बड़ी ही सुमुखी, पर बड़ी लजीली, सिर का पल्ला होंठों तक नीचा रखती थी, मुंह में मिसरी घोलकर बात करती, और हाथ उसका बहुत खुला था। सारा गांव उसका आदर करता था। एक दिन सोभा को उसके पिता ने पीटा तो वह घूंघट निकालकर दरवाज़े में

आकर खड़ी हो गई। उसकी प्रार्थना भी उसके आदेश के समान थी, बोली, "लड़के को मत मारा कीजिए। आपके डर से वह सारे दिन घर नहीं आता और भूखा-प्यासा घर के बाहर फिरता रहता है। अगर उसकी मां जीती होती..."

और सोभा उस दिन के बाद जब टीलों पर जाकर चाकू से पत्थर पर कोई मूर्ति बनाता, तो उसे लगता कि मूर्ति अनायास ही राय साहब की बहू जैसी बन गई है।

टूटे हुए आईने का एक टुकड़ा—सन् 1917, सितंबर का महीना, सोभासिंह मुश्किल से सोलह वर्ष का था कि पिता की मृत्यु हो गई। बहन लच्छी को भाई से प्यार था। वह सोभासिंह को अपने पास अमृतसर ले गई। बहनोई ओवरसियर था, उसे पर्सपेक्टिव बनाने का शौक था, इसलिए सोभासिंह को उसका साथ अच्छा लगा, साला और बहनाई कितनी-कितनी देर तक काग़ज़ों और पेन्सिलों की दुनिया में खोए रहते।

टूटे हुए आईने का एक और टुकड़ा—सन् 1919, जलियांवाला बाग़ का जलसा, सोभासिंह जलसे में बैठा हुआ है कि अचानक गोलियां...चीखें...लहू...लाशें...लोग दौड़ते हुए, दीवारों से टकराते हुए। सोभासिंह भी दौड़ रहा है...उसके आगे वाले आदमी के गोली लगी...चीख़...और उसके गिरने से अडंगा खाकर सोभासिंह का भी गिर पड़ना... उसके ऊपर एक और आदमी का...और उसके ऊपर एक और आदमी का गिरना...फिर कितनी ही देर तक बेहोशी। दूसरे दिन लाशों के ढेर में से सोभासिंह का मिलना, और फिर कई महीने तक उसका रात को चौंक-चौंककर उठना...

आईने का एक और टुकड़ा–बीस अक्तूबर, सन् 1919, बहनोई ने सोभासिंह को मिलिट्री में ड्राफ्ट्समैन की नौकरी दिलवा दी, वेतन साठ रुपए मासिक, साथ में राशन और कपड़ा, और वह अपने भविष्य के चेहरे की खोज़ करता हुआ, बसरे की गाड़ी पर सवार हो गया...

आईने का और एक टुकड़ा–नौजवान सोभासिंह स्वभाव का मेहनती, हाथ का कलाकार, और बसरे में एक सयानी उम्र का, उसी का सहकर्मी—जामिन अली होनहार सोभासिंह को प्यार से शिक्षा देता है, "1910 की जंग ने लोगों में इतनी भूख जगा दी है कि वह चार टुकड़ों के लिए आदमी की जान ले लेते हैं। तुम्हारी चढ़ती जवानी है, औरत के लिए कभी तुम्हारा जी करे, तो पैसे देकर घर बुला लेना, खुद किसी के घर मत जाना।"

सोभासिंह मांस नहीं खाता था। वह खजूरों से रोटी खा लेता था, या वहां का ख़रबूज़ा और तरबूज़ बहुत अच्छा होता था, वह खा लेता था, और ज़ामिन अली की बात गांठ में बंधी हुई थी, इसलिए वह उस बाज़ार में भी नहीं जाता था, जिसमें औरतों

का धंधा था, और जहां वह किराए की कोठरी में रहता था, उस बीस-पच्चीस कमरों की पुरानी इमारत में आर्मीनिया की, और काकेशिया की परी जैसी कितनी ही लड़कियां रहती थीं, पर उनमें उसने अपना ऐसा एतबार बना लिया था कि उनकी ओर अब वह आंख भरकर नहीं देखता था। वे सब भी मेहनत-मजदूरी करती थीं। कभी चीनी या चाय की पत्ती ख़त्म हो जाती, तो चमचा-भर लेने निस्संकोच उसके पास आ जाती थीं। वह सोभासिंह को सुन्दर लगती थीं, पर वह उन्हें आंख भर कर तब देखता था, जब वह सुबह-सवेरे आंगन में सो रही होतीं। सफ़ेद बिछौनों पर उनके कटे हुए बाल उसे काले पंखों जैसे लगते और लगता कि अभी सोते से उठकर वे आसमान में उड़ जाएंगी। वे जागती होती, तो सोभासिंह आंखें नीची कर लेता। वैसे भी वह संकोच से रहता था। उस पुरानी इमारत की मालकिन नईमा बड़ी ज़बर्दस्त औरत थी, बात-बात पर अपने किराएदारों से लड़ती थी और रोज़ उन्हें घर से निकाल देने की धमकी दिया करती थी।

सोभासिंह का वेतन साठ से एक सौ दस हो गया, फिर एक सौ बीस, फिर ढाई सौ, पर वेतन के साथ-साथ मन का अकेलापन भी बढ़ता गया।

उसे एक दिन सर्वे करने जाना था। लम्बा सफ़र था, संध्या समय का अकेलापन उसे सताने लगा। गाड़ी एक स्टेशन पर रुकी, तो सोभासिंह ने सोचा—स्टेशन से एकाध क़िताब ही ख़रीद लूं, रास्ता कट जाएगा। दुकान सारी छान मारी, पर अंग्रेज़ी की कोई भी काम की किताब नहीं मिली। बराबर की दुकान सिगरेटों और सोडे की थी—उसके उदास मन में आया, 'एक सिगरेट पी ही लूं, यहां कौन गुरु गोबिन्दसिंह देख रहे हैं।' सो, एक सिगरेट ख़रीद ली। पैसे देने के लिए ज़ेब में हाथ डाला, तो गाड़ी ने सीटी दे दी। सोभासिंह ने दौड़कर मुश्किल से गाड़ी पकड़ी, और सिगरेट वहीं काउण्टर पर पड़ी रह गई। रेल के चलने से पसीना आए हुए माथे को हवा लगी, तो सोभासिंह ने शुक्र किया–'आज तो गुरु गोबिन्दसिंह जी! तुम्हारे सिक्ख (शिष्य) को इस गाड़ी की सीटी ने हाथ बढ़ाकर बचा लिया...'

अकेलेपन के और उदासी के बगोले-से उठते, गुज़र जाते। एक बार एक ऐसा बगोला धरना देकर बैठ गया कि उस रात सोभासिंह ने जी भरकर बीअर पी। जिस कमरे में वह किराए पर रहता था, उस इमारत का बाहर का फाटक मुश्किल से रात पड़ती थी कि बन्द हो जाता था। मकान-मालकिन के डर के मारे सब किराएदार सांझ होते ही कमरों में आ जाते थे, पर उस दिन खासी रात बीत गई थी, जब सोभासिंह बीअर पीकर सड़कों पर घूमता फिर रहा था। जब पांवों ने चलने से जवाब दे दिया, तो घर की याद आई। साथ ही मकान-मालकिन की। डर के मारे उसने फाटक पर खटका नहीं किया, धीरे से फाटक पर से छलांग मारकर अंदर आ गया, पर दबे पांव सीढ़ियां चढ़ रहा था

कि मकान-मालकिन की आवाज़ आई, "बाबू!"

वह सहमकर खड़ा हो गया, तो उसके उतरे हुए चेहरे को देखकर उसने पूछा, "तुम्हारी तबीयत ठीक नहीं है क्या?"

"तबीयत तो ठीक है, पर मेरा जी उदास है..."

"घर से कोई बुरी खबर आई है?"

सोभासिंह ने उदासीनता से कहा, "मेरा कोई घर ही नहीं है, बुरी ख़बर कहां से आएगी?"

"तुम्हारे कोई नहीं है?"

"कोई नहीं।"

और हरेक से लड़ने-झगड़ने वाली नईमा की आंखों में आंसू आ गए। उस दिन से वह रोज़ सवेरे जब सोभासिंह सोकर उठता, उसे चाय का एक गर्म प्याला बनाकर देने लगी।

टूटे हुए आईने का एक और टुकड़ा–सन् 1940, शाहपुर कंडी में पहाड़ी रास्तों को पार करते सोभासिंह के पैरों के आगे रात आ गई। एक मंदिर में ठहर गया। पुजारिन ने खाना खिलाया, चाय पिलाई, और सवेरे उठकर सोभासिंह ने चार आने देवी की मूर्ति पर चढ़ाए, और दो रुपए पुजारिन के पैरों के पास रख दिए। कहा, "जीवित देवी के चरणों में ज़्यादा पैसे चढ़ाने चाहिए।"

और आईने के टुकड़ों पर झुका हुआ चित्रकार मुस्करा उठा—एक दिन एक चित्र बनाऊंगा–किसी हीर का, या किसी सोहनी का, पर जिसके अंदर मां अच्छरां भी होगी, राय साहब की बहू भी, बसरे की नईमा भी, और शाहपुर कंडी की पुजारिन भी..

टूटे हुए आईने के टुकड़े उलटे-सीधे, इधर-उधर ज़िन्दगी की कतरनों की तरह पड़े हुए थे। चित्रकार का बिंब टुकड़े-टुकड़े होकर इन सब में बिखरा हुआ पड़ा था। कभी सन् 1923 दिखाई देता, गुरु के बाग़ का मोर्चा, और मन में उभरती श्रद्धा सिक्खी के प्रति, और कैनवास पर उभरती गुरु नानक की आकृति, गुरु गोबिन्दसिंह का हुस्न...

फिर 1924—नानकसिंह नॉवलिस्ट से मुलाक़ात, और ज़िन्दगी के बीस-पच्चीस बरस उनके साथ पहाड़ी रास्तों पर चलना...दोस्ती से आती फूलों की महक-फूलों के साथ उगे हुए कांटों की चुभन...

और उसका विवाह...बीबी इन्दर कौर...दुःख-सुख की साथिन...पर दोनों दृष्टिकोण

टकरा-टकरा जाते। संतान का न होना...झंझट...झगड़े...बसे हुए घर की चहल-पहल भी, मन के धुर अंदर का अकेलापन भी...

1926 में अमृतसर छोड़कर लाहौर, 1928 में सरदार कर्तारसिंह हितकारी और भाई वीरसिंह से भेंट। हितकारी जी के साथ अनेक बार डलहौजी, कुल्लू और शिमला के पहाड़ी रास्तों पर चलना घर से चलते समय हितकारी जी उनका बटुआ मांग लेते, अपने पास रख लेते, फिर पहाड़ी रास्तों जैसी दिलों की चढ़ाइयों और उतराइयों से वापस आकर, वह बटुआ उन्हें लौटा देते। चित्रकार का पैसा ज्यों-का-त्यों बच जाता। और भाई वीरसिंह से दो-एक भेंटों में ही चित्रकार के मन में उत्पन्न हुई निराशा, पर फिर एक बार सवेरे के पहले पहर भाई वीरसिंह का उसके दोनों हाथ पकड़कर कितनी ही देर चुप बैठे रहना, और फिर हाथों को सहलाना और कहना–"इन हाथों में गुरु नानक बस जाएं..." और चित्रकार के अंगों में उस पल छिड़ गई-एक रूहानी झनझनाहट।

टूटे हुए आईने के टुकड़े–1930 में लाहौर से दिल्ली चले जाना और कई बरस दिल्ली में भाड़ झोंकना...

कमीज़ के टूटे हुए बटन को जमीन पर से उठाने के लिए चित्रकार सोभासिंह जब झुका था, तो कमरे के कोने में पड़े हुए आईने के कई टुकड़ों में उसने अपना रूप देखा था–अपना स्वयं–जो कितनी ही घटनाओं, कितने ही विचारों, और कितनी ही उदासियों में बंटा हुआ था।

उसने कमीज़ से टूटे हुए बटन को हाथ में उठाया और ज़मीन पर पड़े हुए शीशे के टुकड़ों से आंखें ऊपर उठाकर—खिड़की से दिखाई देने वाले आसमान की ओर देखा।

'मेरा कोई नहीं है...कोई भी नहीं...जो क्षण, जो पल मेरे अपने थे, वे भी कमीज़ के बटनों की तरह टूट गए, पता नहीं गिरकर कहां चले गए!' उसने कमीज़ के खुले गले को हाथ से टटोला तो उसे अपना-आप ईज़ल पर चढ़ी हुई ख़ाली कैनवास-सा लगा, जिस पर किसी का चेहरा नहीं था, किसी की आंखें नहीं थीं...

उसे सामने आसमान जैसा कुछ दिखाई अवश्य देता था, पर वह हाथों से पकड़ में नहीं आता था वह न जाने कितनी देर खिड़की में खड़ा रहा फिर अचानक उसकी छाती में कुछ पवन की तरह सरसराया, मस्तिष्क में उजाले की तरह सरका, और उसने अपनी अलमारी खोलकर एक साबुत आईना निकाला। साबुत आईने में चित्रकार का साबुत चेहरा था। वह देखकर हंस पड़ा-बोल उठा, "मेरे खुदा! यह आदमी मेरा है, तो फिर काहे का ग़म है..."

एक अहसास का चालीसा

काटवे योगी ने विज्ञान के आधार पर एक मुतालआ किया है कि कौन से लोग ज्ञान योगी होते हैं, कौन से राज योगी, कौन से हठ योगी, कौन से कर्म योगी, कौन से भक्त योगी, कौन से पवन योगी, कौन से लय योगी और कौन से भ्रष्ट योगी...

इसी के ब्यौरे में उतरते हुए वो कहते हैं-कौन से योगी कोई पन्थ, फ़िरक़ा नहीं चलाते और कौन से योगी हज़ारों मुरीद बनाए चले जाते हैं। कौन से योगी जंगल की एकांत कुटिया में रहते हैं और कौन से योगी बड़े-बड़े मठ बनाते हैं। कौन से योगी मौन रहते हैं और कौन से योगी वाद-विवाद में रस लेते हैं। कौन से योगी सिद्धियों के चमत्कार दिखाते हैं और कौन से योगी कनक-कामिनी के चमत्कार पर मोहित हो जाते हैं। साधना की शिला पत्थर की भी हो सकती है और अहंकार की भी।

मेरी नज़र में जो भी इंसान हाथ में क़लम लेता है, वो चिन्तन की एक लम्बी यात्रा पर चल देता है। यह क़लम योगी की साधना है, और काटवे योगी ने जो मुतालआ किया है, मुझे लगता है, ठीक उसी रोशनी में, हम सभी साहित्यकार अपने को पहचान सकते हैं...

हिन्दी कथा-साहित्य पर मुझे कुछ भी कहने का अधिकार नहीं है। यह जो मैंने एक मुतालआ की बात की है, इसमें किसी भी भाषा की सीमा हायल नहीं होती। इसलिए कह सकती हूं कि अपनी इस यात्रा में जिन साहित्यकारों के प्रति मुझे मोह-सा हो आया, वो मेरी अपनी ही पहचान का मोह कहा जा सकता है...

यह कला की परिभाषा नहीं है, यह अन्तर की एक पहचान-सी है, जिसे कोई नाम नहीं दिया जा सकता। यह पहचान मेरी सीमा हो सकती है, लेकिन यह एक सच की सीमा है...

इस सीमा में जाने कितने नाम समाए हुए हैं! कितने चेहरे, नाम जो महज़ सुने हैं, और चेहरे जो कभी देखे नहीं, लेकिन वो हैं, कहीं तो हैं, या हुए थे, यह मेरे लिए

डॉ. माचवे के साथ

एक बहुत बड़ी प्राप्ति का अहसास है, और यही अहसास मेरी सीमा की लकीर को मिटाता भी है और फिर से बनाता भी है...

आइड रैन के नॉवल में एक जगह एक किरदार जब दूसरे किरदार से कहता है–'थैंक्यू रोरक!' तो वो दूसरा हैरान होकर पूछता है–'मैंने तो तुम्हारे लिए कुछ नहीं किया, फिर यह शुक्रिया कैसा?' तो वो आहिस्ता से जवाब देता है–'आई थैंक्यू फॉर बट यू आर...'

और मैं कह सकती हूं कि दुनिया में ऐसे लेखक हैं, जिनके लिए मैं कह पाई–'आई थैंक्यू फॉर बट यू आर...'

मेरी ज़िन्दगी की इस यात्रा में जाने कितने मुक़ाम आए, जो मेरे आंचल में एक गहरी उदासीनता डालते चले गए, और वो सब अपने पल्लू में लिए हुए, उनकी गठरियां बांधते और खोलते हुए, मैं इसे खुदा का करम मानती हूं कि फिर किसी और मुक़ाम पर कोई वो दिख पाता है, जिसे देखकर फिर से कह पाती हूं–'थै क्यू फॉर बट यू आर."

मन में तो जाने कितनी बार मैंने यह फ़िक़रा प्रभाकर माचवे से कहा, लेकिन यह उनके कान तक पहुंचे, इसकी ज़रूरत कभी महसूस नहीं हुई...

मेरे इस अहसास की अवधि छोटी नहीं है। क़रीब चालीस साल की है। कह सकती हैं कि मेरी और माचवे जी की मुलाक़ात ने एक चालीसा काट लिया है। चालीस वर्ष का चालीसा, और इन तमाम बरसों में मैंने जब-जब भी उन्हें देखा, उनकी वही सहजता, वही शान्ति और वही बेबाकी दिखाई दी, जो हमेशा से थी...

गर्दिश के इस स्याह दौर में वो, वो रह पाए, और मैं उन्हें देख पाई, इसमें अपनी प्राप्ति समझती हूं, अपना हासिल।

और आज ज़रा ऊंची आवाज़ में कहना चाहती हूं–'ज्ञान योगी और कर्मयोगी माचवे जी! आई थैंक्यू फॉर बट यू आर...'

यह कुछ हरफ़ तब कहे थे, जब माचवे जी थे, और उनके सम्मान में एक सभा हुई थी। अब वह स्थूल काया में नहीं हैं, लेकिन मेरे मन के कच्चे आंगन से—उनके नाम की मिट्टी तो—अब भी बोलती है...

ओशो

चेतना की पहली किरन के साथ इन्सान की आंखों में जो सपना बस गया, ओशो उस सपने का नामकरण करते हैं—भारत, और इसीलिए भारत को भू-खण्ड की सीमा से मुक्त कर देते हैं। उनके लफ़्ज़ों में–"भारत कोई भू-खण्ड नहीं है, न राजनैतिक इकाई, न ऐतिहासिक तथ्यों का कोई टुकड़ा। भारत एक प्यास है, सत्य को पा लेने की। ज़मीन पर कोई कहीं भी पैदा हो, किसी देश में, किसी सदी में, अतीत में या भविष्य में, अगर कोई खोज अंतर की खोज है, किसी की भी, वह भारत का निवासी है।"

जातिवाद एक बहुत बड़ी समस्या है। समय-काल हार गया, उसे सुलझाते हुए, कुछ नहीं कर पाया। ओशो सहज कह पाए हैं

देह शूद्र है, मन वैश्य, आत्मा क्षत्रिय और परमात्मा ब्राह्मण।

वे कुछ ब्यौरे में उतरते हैं–

"देह शूद्र है, क्यों? क्योंकि देह की दौड़ सिर्फ इतनी है-खा लो, पी लो, भोग कर लो, सो जाओ, जाग जाओ और मर जाओ। यह शूद्र की सीमा है। जो देह में जीता है, वह शूद्र। शूद्र का अर्थ हुआ—मैं देह हूं। यह मनोदशा शूद्र है।

"मन वैश्य है। खाने पीने से ही राज़ी नहीं होता। कुछ और मांगता है। मन का अर्थ है–कुछ और चाहिए। शूद्र में एक तरह की सरलता है। देह में बड़ी सरलता है। वह कुछ ज्यादा नहीं मांगती। दो रोटी मिल जाए, सोने को छप्पर मिल जाए और शरीर की मांग सीधी है–थोड़ी सी, सीमित सी देह को असंभव में रस नहीं है। इसीलिए कहता हूं, देह शूद्र है।

"जब और-और की वासना उठती है, तो वैश्य हुआ। वैश्य का मतलब है–मन, और मन व्यवसायी है, वह फैलता चला जाता है, रुकना नहीं जानता...

"क्षत्रिय का मतलब है–संकल्प, प्रबल संकल्प कि मैं कौन हूं? इसे जान लूं। शूद्र शरीर को ही जानता है। उतने में ही जी लेता है। वैश्य मन के साथ दौड़ता है। और क्षत्रिय जानना चाहता है–मैं कौन हूं? इसीलिए चौबीस घण्टे तीर्थंकर, राम, कृष्ण सब क्षत्रिय थे, क्योंकि ब्राह्मण होने से पहले क्षत्रिय होना ज़रूरी है। जिसने जन्म के साथ अपने को

ओशो

ब्राह्मण समझ लिया, वह चूक गया। जैसे परशुराम ब्राह्मण नहीं हैं। उनसे बड़ा क्षत्रिय खोजना मुश्किल होगा। जिंदगी भर मारने का काम करते रहे। फरसा लेकर घूमते थे। उन्हें ब्राह्मण कहना ठीक नहीं है। सो संकल्प क्षत्रिय है...

"ऐसा समझो कि भोग यानी शूद्र। तृष्णा यानी वैश्य। संकल्प यानी क्षत्रिय। और जब संकल्प पूरा हो जाए, तब समर्पण की संभावना है...

"समर्पण—यानी ब्राह्मण। ब्राह्मण यानी ब्रह्मा को जान लेना। जो मिटा उसने ब्रह्मा को जाना..."

और ओशो यह सब कहते हुए, आहिस्ता से हर रहस्य को खोलते हैं— "भारत में पैदा होने से ही कोई भारत का नागरिक नहीं हो सकता। जो एक दुर्घटना की तरह भारत में पैदा हो गए, जब तक उनकी प्यास उन्हें दीवाना न कर दे, तब तक वे भारत के नागरिक होने के अधिकारी नहीं हैं। भारत एक सनातन यात्रा है, अनंत से अनंत तक फैला हुआ रास्ता..." और ओशो की आवाज़ एक सीमा से निकलकर असीम में ढलती हुई कहती है–"मेरे लिए भारत और अध्यात्म एक ही अर्थ में है..."

मैं नहीं जानती–कौन-सा काल था, कौन से ऋषि थे, जिन्होंने काल मुक्त हो कर, ब्रह्मा, विष्णु, महेश के गुणों से गुणातीत त्रिपुर सुंदरी का रहस्य पाया। आदि शक्ति का। उन ऋषियों ने कायामय होते हुए भी काया-मुक्त की सी अवस्था में त्रिपुर सुंदरी का दर्शन किया, और कह सकती हूं—कि ओशो का होना कुछ उसी तरह की घटना है कि उन्होंने 'भारत' शब्द को अध्यात्म नाम की ज़मीन पर पनपते हुए और खिलते हुए देखा। थोड़ा-सा गहराई में जाएं, अध्यात्म की ज़मीन पर खिलते हुए फूल को समझने के लिए, तो ओशो की इन पंक्तियों को सामने रखना होगा—" 'नहीं' के बीच में जो कुछ है, जिसे जिंदगी कहा जाता है, यह असत्य होगा। जो पहले नहीं था, अब है, और फिर नहीं होगा, वह असत्य ही हो सकता है, सत्य नहीं। भारत में सत्य की एक परिभाषा है, जो काल में टिके। तीन काल में टिके। तीन काल में जिसका खंडन न हो। जो पहले भी था, अब भी है, और फिर भी होगा, वही सत्य है, जो कल नहीं था, अब है, और फिर नहीं होगा, भारत उसे असत्य कहता है।"

त्रिपुर सुंदरी का रहस्य ठीक यही है, तीन पुर, तीन नगर, तीन गुण, जो लीला खेलते हैं, उससे पहले भी त्रिपुर सुंदरी थी, उस लीला में भी वह है, और उस लीला के बाद भी वह रहेगी।

भारत ने इस सब कुछ को साक्षी भाव से देखा, और इस सत्य को अंतर चेतना का नाम दिया।

यही सत्य महाकारण से पहले था, महाकारण में आया, फिर कारण शरीर में, फिर सूक्ष्म शरीर में, और फिर वही सूक्ष्म–कायामय होता है...

दूसरे लफ़्ज़ों में–यह कायामय होना कायनात के साज़ की आरोही है, और फिर काया-मुक्त होकर जो लौट जाना है, वह इसी साज़ की अवरोही है...

ख़ामोशी का तरंगित हो जाना वही सत्य है, जो किसी ध्वनि का ख़ामोशी में उतर जाना। इसलिए कह सकती हूं कि ओशो, भारत की ख़ामोशी का तरंगित हो जाना है। बुद्ध, कृष्ण, नानक, भारत की ध्वनि थे, और जब हमसे वह ध्वनि खो गई, तब उस ध्वनि को सुन पाने का और कह पाने का जो माध्यम हुआ, उस माध्यम का नाम ओशो है।

हम जब काल की सीमा में बंध जाते हैं। काल-मुक्त होकर सत्य को पाने का स्मरण भी खो जाता है। और उस समय किसी बुद्ध, किसी कृष्ण, किसी अष्टावक्र की आमद अंतर के अंधेरे में शक्ति कणों की तरह चमक जाती है। शक्ति कण अंतर में होते हैं, लेकिन उनका स्मरण नहीं होता। और बुद्ध, कष्ण जैसी कोई आवाज़ उनका स्मरण देती है। ठीक उसी तरह ओशो हैं, जिन्होंने भारत के शक्ति कणों की स्मरण-गाथा कही है, इसलिए बड़े प्यार से, अंतर के गहरे अहसास से मैं ओशो को स्मरण-देवता कहना चाहती हूं। यह अंतर में कृष्ण की बांसुरी को सुनना है। इसी का स्मरण देते हुए ओशो के शब्द हैं, "तुमने सुना कि कृष्ण की बांसुरी बजती है, तो गोपियां अपने घरों में काम नहीं कर पातीं। उनके हाथ-पैर डगमगा जाते हैं, गगरी छूट जाती है, मथनी भूल जाती है, वे भागती हैं, मदहोश-सी। यह कथा प्रतीक है–इन्द्रियां प्रतीक हैं गोपियों की, और जिस दिन भीतर की बांसुरी बजने लगती है, तो इन्द्रियां–अपनी मथनी, अपनी मटकी, अपना गागर, सब भूल जाती हैं। भीतर के कृष्ण की बांसुरी बजने लगी, और इन्द्रियां उसके आस-पास नाचने लगीं। परिधि नाचने लगी केन्द्र के पास।"

जिस तरह कृष्ण की बांसुरी को भीतर से सुनना है, ठीक उसी तरह 'भारत—एक सनातन यात्रा' को पढ़ते-सुनते, इस यात्रा पर चल देना है, और कह सकती हूं कि अगर कोई तलब क़दमों में उतरेगी, और क़दम इस राह पर चल देंगे, तब वक़्त आएगा कि यह राह सहज होकर क़दमों के साथ चलने लगेगी, और फिर 'यात्रा' शब्द अपने अर्थ को पा लेगा।

यह अर्थ बहुत गहरा है– धारा से राधा हो जाने का। ओशो कहते हैं–"पुराने शास्त्रों में राधा का कोई जिक्र नहीं है। गोपियां हैं, सखियां हैं, कृष्ण बांसुरी बजाते हैं, और रास लीला होती है। राधा का नाम पुराने शास्त्रों में नहीं है। बस, इतना भर ज़िक्र है कि सखियों में एक थी, छाया की तरह साथ रहती थी। यह तो सात सौ वर्ष पहले राधा का नाम प्रकट

हुआ। गीत गाए जाने लगे–राधा-कृष्ण के। इस नाम की खोज के पीछे बहुत बड़ा गणित है। राधा शब्द बनता है–धारा शब्द को उलटा देने से।

"गंगोत्री से गंगा की धारा निकलती है। स्रोत से दूर जाने वाली अवस्था का नाम धारा है, और धारा शब्द को उलटा देने से राधा हुआ, जिसका अर्थ है—स्रोत की तरफ़ लौट जाना। गंगा लौटती है—गंगोत्री की ओर। बहिर्मुखता, अंतर्मुखता बनती है...।"

ओशो जिस यात्रा की बात करते हैं–वह अपने में लौट जाने की बात करते हैं। एक यात्रा धारामय होने की होती है, और एक यात्रा राधामय होने की

मैंने ओशो को देखा नहीं है, लेकिन बहुत गहरे अर्थों में बहुत करीब से देखा है, उनके अक्षर-अक्षर में उन्हें देखा है। तभी तो कह पाई थी—

जहां–दो वक़्त मिलते हों

जहां–मीरा का नाच और बुद्ध का मौन मिलता है

जहां–एक बिंदु का कंपन एक ध्वनि से मिलता है के गाना

वहां–ओशो की पहचान मिलती है।

और कहा था–मुझे बरसों का अनुभव है, मैं जब भी नानक को समझना चाहती हूं, देखती हूं वहां ओशो खड़े हैं, मुझे संकेत से वहां ले जाते हैं, जहां नानक के दीदार की झलक मिलती है।

मैं कृष्ण को समझना चाहती हूं, तो पाती हूं—सामने ओशो खड़े हैं, और फिर मुस्कराते से कृष्ण की ओट में हो जाते हैं, इसलिए कहती हूं कि मैंने उन्हें बहुत करीब से देखा है...

अजीब इत्तफ़ाक़ हुआ–1989 में जब उन्होंने मुझे याद किया, कहलवा भेजा "अमृता से बोलो, यहां आए, यहां उसका अपना घर है।"

तब मैं अस्पताल में थी, बहुत दिनों तक, और कई महीनों बाद में भी नारियल के पानी पर ज़िंदा रही। फिर उस साल के आख़ीर में, जब सफ़र करने के काबिल हुई, तब पूना से फ़ोन आया, "आप आइए, मगर अब वे बोल नहीं पा रहे, मुंह में सैप्टिक हो गया है, मैंने सोचा सैप्टिक है, तो ठीक हो जाएगा और जब वे ठीक हो जाएंगे, बात कर सकेंगे, तब जाऊंगी..."

और ये 'तब' लफ़्ज़ था, जिसने अपना वायदा पूरा नहीं किया, लेकिन उनकी आवाज़ थी–"यहां आओ, यहां तुम्हारा अपना घर है।"

और अब वो आवाज़ मेरे मन की मिट्टी से बोलती है।

मन-तीर्थ की यात्रा

एक दिन मैं अनूप सिंह जी से बात करने लगी, तो सहज मेरे होंठों से निकला—सरकार! वे जल्दी से बोले–"आज फिर आपने बाज़ी अपने हाथ में ले ली। मैं जब भी टेलीफ़ोन उठा कर आप से बात करना चाहता हूं, सोचता हूं यह सरकार लफ़्ज़ पहले मेरे होठों पर आए..."

उस दिन मैं उनके पास बैठी थी, इसलिए कहा–"टेलीफ़ोन पर तो हमेशा बाजी आप के हाथ लगती है, मैं जब फ़ोन करती हूं—आप का रिसीवर अकसर कोई और उठाता है, मैं अपना नाम उसे बताती हूं, जिस से आप जब रिसीवर पकड़ते हैं—तो आप यह लफ़्ज़ कहने में पहल कर जाते हैं—आज मेरी बारी आ गई, पहल करने की

और बात इस तरह आगे बढ़ी, मैंने कहा—सरकार, बात यह है कि आपकी शख्सियत के कमण्डल में जो गंगा-जल है, वह जितना भर आपकी नज़्मों में छलक गया, उतना तो मैंने पीकर देखा है। आप तो अपनी एक नज़्म में यह कह कर खामोश हो गए–'जवाब चुप है, प्रश्न भूल गया'-और आप इतना कहकर प्रश्न मुक्त हो गए, लेकिन आप के गंगा-जल से भरे कमण्डल ने, एक पाठक के तौर पर मेरे सामने एक प्रश्न रख दिया कि आपने इस कमण्डल को भरा कैसे था?

वे हंस दिए, कहने लगे--'आंख खुली, तो मन खिला हुआ था, लगता है, मैं सो रहा था, जब कोई मेरा कमण्डल भर गया। अब न कोई चाह है, न तृष्णा, न कोई इच्छा, न अरदास...'

मैं भी हंस सी दी, कहा–'आप तो इच्छा-मुक्त हो गए, अरदास-मुक्त हो गए, लेकिन कैसे हुए? इस बंद मुट्ठी को थोड़ी-सी खुलने दो।'

कहने लगे- 'लगता है, जब मैं दुनिया में आया था, आखें खोलीं, तो सब से पहले मुझे देवी दर्शन हुआ, अपनी मां की सूरत में। पतली छमक-सी उस औरत को—मैंने उसकी नब्बे साल की उम्र में भी उसी तरह देखा है। उसके मस्तक पर कभी तेवर नहीं देखा...'

अनूप सिंह जी

मैंने आहिस्ता से कहा–'लगता है, उसने आपकी हथेली से, अपने मस्तक पर से भी सारे दुख-दर्द पोंछ दिए...'

अनूप सिंह जी ख़ामोश बीते हुए वर्षों में उतर गए, कहने लगे–'वह थोड़ा-सा खाती, थोड़ा-सा सोती, और पहर रात रहते पाठ करने लगती। सुबह की हलकी रोशनी में मेरी आंखें खुलतीं, तो आंखों के सामने वह देवी-सी दिखाई देती, और उसका जपजी का पाठ मेरे अंतर के कमण्डल में भरता गया। इसी तरह, जब रात उतरने को होती, मेरी हलकी सी नींद में उसके पाठ की ध्वनि उतर जाती...'

मेरी आवाज़ जैसे मेरे होठों पर धड़कने लगी, कहा–'इसलिए आपकी पूरी ज़िंदगी, आपकी नज़्म के मुताबिक़, ऐसा आकाश हो गई, जिसे बादल रोज़ अपने साबुन से धो देते हैं. लेकिन अपनी एक नज़्म में आप खुदा को एक गवाह बनाकर समय से अपने आंसुओं का हिसाब मांगते हैं...'

वे मुस्करा दिए, कहने लगे–'बात यह है कि मैं एक शायर बनना चाहता था, लेकिन रोटी-रोज़ी के लिए मुझे अदालतों में वकालत करनी पड़ी जानता हूं मेरे अंतर के शायर ने मुझे रोटी नहीं देनी थी, वकालत ने दुनिया के सारे सुख दिए हैं "वही अपने आंसुओं का हिसाब मुझे वक़्त ने देना है...'

मैं थोड़ी देर ख़ामोश रही, फिर कहा–'आपकी वकालत ने आपको दुनिया भर की नेमतें दी हैं, लेकिन सम्मान भी दिया है—आप जो मुक़दमे जीत जाते हैं, उनके फ़ैसले कानून की किताबों में प्रकाशित होते हैं। आपका नाम आपके कारोबार में इज़्ज़त से लिया जाता है...'

वे हंस से दिए, कहने लगे–'हां, कई सौ मुक़दमे मैंने जीते हैं, और उनका हवाला अकसर क़ानून की किताबों में दिया जाता है, लेकिन शायरी का इश्क, रोज़े अज़ल का है—इसीलिए कई बार अदालत की पेशी में भी नज़्में पढ़ देता हूं। एक बार मेरी ही पेशी हुई, इनकम टैक्स के मामले में, मैंने अपनी सारी किताबें, और बैंकों की कापियां मुन्सिफ़ के सामने रखते हुए कहा—चंद तस्वीरें बुतां, चंद हसीनों के ख़तूत, बाद मरने के मेरे घर से यह सामां निकला...'

इनकम टैक्स के अफसर चौधरी जी ने हंसकर मेरे सारे काग़ज़ मुझे लौटा दिए ...उस वक़्त मैंने प्यार से कहा–'सरकार, एक टैक्स और भी होता है, चंद हसीनों के ख़तों पर चंद बुतों की तस्वीरों पर, जिस पर अपना ही दिल टैक्स लगाता रहता है, वह टैक्स कितना दिया?' वे खुलकर हंस दिए, कहने लगे–'मैं अहले नज़र हूं, बुत

परस्त नहीं, मेरी मुहब्बत ने मेरी कल्पना में भी किसी हवस को दखल अंदाज़ नहीं होने दिया। मेरे अंतर से ही यह समझ नाज़िल हुई कि हवस की उम्र एक क्षण होती है, अहले नज़र की उम्र पूरी जिंदगी...।

मैंने पूछा–'फिर तरबज़ारों पर क्या गुज़री? सनमख़ानों पर क्या गुज़री?'

वे कहने लगे–'बात यह है कि साहिर ने जो लिखा था-मेरे ख्वाबों के झरोखों को सजाने वाली, तेरे ख्वाबों में कहीं मेरा गुज़र है कि नहीं'–मैंने इस शे'र की पहली पंक्ति जी है, सिर्फ मेरे ख्वाबों के झरोख़ों को सजाने वाली, इसलिए दूसरी पंक्ति का सवाल ही कभी सामने नहीं आया। किसी के ख़्वाबों में मेरा ज़िक्र है कि नहीं, मैं इस प्रश्न से मुक्त हो गया...बस, यह समझ लीजिए कि जो कुछ था, उससे अपने झरोखे को सजा लिया, और वह इतना ऊंचा है कि अब मेरा हाथ भी वहां नहीं पहुंचता...

माहौल भी भीग गया था, मन भी, सिर्फ़ मैंने इतना कहा-मान लिया कि अब उस झरोखे तक किसी प्रश्न का हाथ नहीं पहुंच सकेगा, पर यह बताइए कि ग़ालिब के कलाम तक आपका हाथ कैसे पहुंचा था? आप अक्सर उसका कलाम पढ़ते रहते हैं...

वे कुछ अपने ही ख्यालों में खो गए, फिर कहने लगे–'एक बड़ा दिलचस्प वाक़या सुनाता हूं, जब मैं पांचवीं जमात में पढ़ता था, एक मज़मून लिखना था-इल्म पर। स्कूल की ओर से कहा गया था। बहादुरशाह ज़फ़र का एक शोर है, 'जिसके पास न हो इल्म, और हो किताबों से लदा फिरता, ज़फ़र उस आदमी को हम तसव्वुर करते हैं–मैंने अपने मज़मून में यही शे'र लिख दिया, और साथ ही शे'र को अपना बना लिया...'

'अपना कैसे?' मैंने पूछा तो कहने लगे–'बस, ज़फ़र की जगह अपना नाम लिख दिया, अनूप लिख दिया, तब इतनी तमीज़ नहीं थी, कि किसी का शे'र जीने के लिए तो अपना होता है, नाम के लिए अपना नहीं होता। उन दिनों उर्दू फ़ारसी के उस्ताद बलवंत सिंह थे, उन्होंने इतनी डांट पिला दी कि जिंदगी एक नया मोड़ सामने ले आई। मैं उर्दू और पंजाबी में खुद शे'र कहने लगा। सातवीं जमात तक पहुंचते-पहुंचते, अच्छा खासा शायर बन गया था, और मैट्रिक का इम्तिहान दे कर उर्दू शायरी के कई दीवान पढ़ने लगा। गालिब, ज़ौक, मीर, दाग़ और इक़बाल मेरा इश्क बन गए। ग़ालिब सब से ज़्यादा। फ़ारसी में मुझे हाफ़िज़, और साक़ी बहुत अच्छे लगते थे...

मैंने पूछा–'नसर भी ज़रूर पढ़ते होंगे?'

वे कहने लगे–'हां, तुर्गनेव, 'दास्तोएवस्की, टॉलस्टाय, मोपासां, ज़ीद, डूमा डिक्सन, शेक्सपियर, गाल्सवर्दी, ओ. हेनरी, हेमिंगवे...फिर वक़्त पाकर शैले और

टैगोर पढ़े...

मैं हंस दी, कहा–'टैगोर ने हिन्दुस्तान का नाम रख लिया, नहीं तो आपने हिन्दुस्तान के किसी अदीब का नाम नहीं लिया था...'

वे भी हंस दिए–'लेकिन शायरी में तो सारे नाम हिन्दुस्तान के शायरों के हैं...'

मैंने कहा–'शायरी पूरब की, नसर पश्चिम की, लेकिन मारफ़त की किताबें?'

वे कहने लगे–'वेद भी पढ़े, उपनिषद्, रामायण, गीता, कुरान, बाईबिल, धम्मपद और गुरुग्रन्थ मैंने कितनी ही बार पढ़े हैं। मैं सूरत से सिख हूं, करनी से क्रिश्चियन, लेकिन किसी जगह बौद्ध भी हूं, और किसी जगह सूफ़ी भी। मुझे ज़िंदगीनामे पढ़ने का ख़ास शौक़ रहा है। सुक़रात का फ़लसफ़ा भी पढ़ा। जीसिस की ज़िंदगी मशाल-सी जलती लगती है। नानक का नाम आते ही सिर झुक जाता है। गुरु तेग बहादुर की कुर्बानी बेमिसाल है। गुरु गोविन्द जी को मैं कृष्ण का अवतार मानता हूं। बुद्ध का हाथ-निर्वाण तक ले जाता है किताबें पढ़ना महज़ मेरा शौक़ नहीं, मेरा जनून है। लॉ कर लिया, तो क़ानून की किताबों में डूब गया...

मैंने सामने उनकी अलमारियों में रखी क़ानून की किताबों की ओर देखते हुए कहा–'शायरी के इश्क में यह क़ायदे कानून का इश्क़ कैसे शामिल हुआ?'

वे बताने लगे–'मेरा जन्म पेशावर का है। मैं अपने पिता हरी सिंह कुकरेजा का तीसरा बेटा हूं। बड़ा भाई शरण सिंह था, और मैं कई साल नहीं जान पाया कि वह किसी दूसरी मां से पैदा हुआ था। वह मेरे पिता की पहली शादी से पैदा हुआ था। मेरी मां के पांच बच्चे थे-साधु सिंह, लाल सिंह, तीसरा मैं अनूप सिंह, चौथा बेटा राम सिंह और पांचवीं बहन मोतिया...मेरे पिता ड्राईफ्रूट्स का काम करते थे। बड़ी दुकान पेशावर में थी, लेकिन एक छोटी दुकान दिल्ली में भी थी, खारी बावली में। बहुत बड़ी ज़ायदाद भी थी, और व्यापार भी। इसलिए उन्होंने दो बड़े बेटे अपने साथ अपने काम में लगा लिए, मेरी बारी आई, तो वह एक सपना देखने लगे कि मेरा एक बेटा वकील हो...'

मैं मुस्करा दी, कहा—इसलिए आप अपने पिता के ख़्वाब की ताबीर बने...'

वे कहने लगे—ठीक ऐसे ही हुआ। मैंने पेशावर में रहकर मैट्रिक कर लिया, तो मुझे लाहौर भेज दिया गया। वहां एफ. सी. कॉलेज में बी. ए. करने के बाद लॉ कालेज में दाखिल हो गया। अचानक वे हंसने लगे, कहने लगे—'अजीब बात है, मैं अपने पिता के ख़्वाब की ताबीर बना, और मेरा छोटा भाई मेरे सपने को पूरा करने

लगा। मैंने चाहा था—वह डॉक्टर बने। वह डॉक्टर बना और आज उसका दूसरा बेटा अमरजीत सिंह भी आंखों का एक नामवर डॉक्टर है।'

मैं उनके घर के माहौल से कुछ वाक़िफ़ थी, इसलिए कहा–'और आपका दूसरा आप की तरह एक नामवर वकील...'

वे मुझे देखने लगे, कहने लगे, 'हां, यह तो ख़्याल में कभी आया नहीं, पर ठीक ऐसे ही हुआ...'

उस वक़्त मैंने पूछा–'और इस ताबीर के रास्ते की दुश्वारियां?' वे कहने लगे–'देश की तक़सीम ने मेरे पैरों के सामने दुश्वारियां बिछा दीं। मैं पेशावर में वकालत करता था। 31 जुलाई, 1947 के दिन मैं पेशावर से दिल्ली आ गया कि १५ अगस्त का दिन गुज़र जाए, तो वापिस लौट आऊंगा...घर, लाइब्रेरी, ज़ेवर, नक़दी–जो कुछ भी था, वहीं छोड़कर आया था, वक़्त की अमानत, और खाली हाथ वहां से दिल्ली आ गया।'

मैंने एक गहरी सांस ली, कहा—'वक़्त ने तो नहीं, वक़्त वालों ने हम सब की अमानत में खयानत कर दी...'

बीते हुए दिनों के साए कमरे में मंडराने लगे। वे कहने लगे–'वहां से आते हुए देखा—गाड़ी पर भी गोलियां बरस रही थीं, पर मैं सलामत पहुंच गया। मेरी मां और मेरी पत्नी पहले से आ चुकी थीं। पेशावर में मार्च के महीने में ही फिरका फ़साद शुरू हो गए थे, इसलिए, उन दोनों को जून में मसूरी भिजवा दिया था। मसूरी से मुम्बई और नांदेड़ होती हुई वे दिल्ली पहुंच गई थीं। यह घटना थी कि पता चला कि अब हम लौटकर पेशावर नहीं जा सकते। उस समय मेरी जेब में सिर्फ़ पच्चीस रुपए बचे थे। देहरादून में मेरी बहन पहुंच गई थी, पता चला तो हम लोग भी वहां चले गए, लेकिन वे सब वहां एक ही कमरे में ठहरे हुए थे। रात को हम दस-बारह लोग एक ही कमरे में ज़मीन पर सो जाते। यह कोई जीने की बात नहीं थी.. तब नवम्बर में मैं दिल्ली आया, बार एसोसिएशन में कोई जान-पहचान नहीं थी। दिसम्बर में एक कमरा मिला, चांदनी चौक में, कटरा बाड़ियां में, जहां मैंने वकालत का काम शुरू किया। न कोई किताब थी, न मेज़, न कुर्सी। तब कबाड़ी से मैंने तीन-तीन रुपए में तीन कुर्सियां खरीदीं, चाय की एक खाली पेटी को औंधा करके, एक कपड़ा बिछाकर, उसे मेज़ बना लिया। रहने के लिए, दिल्ली छावनी में बंदोबस्त किया, जहां एक कमरे में दो वाक़िफ़ परिवार रहते थे। मैं रात दस बजे बसों में चढ़ता-उतरता, किसी तरह वहां पहुंच जाता...। पेशावर में

मेरा हिसाब ग्रेण्डले बैंक में था। उन शरीफ़ लोगों ने खुद ही मेरा एकाउंट पहले अपनी मुम्बई ब्रांच में, फिर दिल्ली ब्रांच में कर दिया। इस तरह कुछ मदद मिल गई, और वकालत में भी दो-ढाई सौ रुपए महीना कमाने लगा, पर एक बात कह सकता हूं कि मेरी जिंदादिली ने हर मुश्किल में मेरा साथ दिया।

अचानक वे हंसने लगे, कहने लगे–'मेरा राशन कार्ड नहीं था, जब मैं राशन कार्ड बनवाने के लिए गया, तो क्लर्क पूछने लगा–आपने कब तक दिल्ली में रहना है? मैंने कहा—रहने का तो पता नहीं, लेकिन मरना दिल्ली में है–और उसने हंसकर राशन कार्ड बना दिया...'

और चाय पीते हुए मैंने पूछा–'अच्छा एक बात बताइए अनूप सिंह जी, आपके अंदर जो शायर है, उसकी कभी अनबन नहीं हुई-आपके अंदर के वकील से?'

'–नहीं' उन्होंने यकीनी तौर पर कहा–'दोनों मिलकर चलते हैं। कभी आगे-पीछे चलना पड़े, तो मेरे अंदर का शायर एक क़दम आगे चलता है। मैं अदालत के बाहर भी सच बोलता हूं और अदालत के अंदर भी', और वे बीते हुए सालों में कुछ उतरते हुए कहने लगे–'मैं जब पेशावर में था, वहां एक औरत थी, मसीतां। मैंने उसका मुक़दमा हाथ में लिया था, जिस सिलसिले में उसके तेरह रुपए मेरे पास अमानत पड़े हुए थे। जब 1947 में पेशावर छोड़कर अचानक आना पड़ा, तो वह क़र्ज़ था, जो मैं अदा नहीं कर सका था। अब मैं पेशावर जा नहीं सकता था, उसको कभी दिल्ली आना नहीं था। मन में एक तकलीफ़ थी कि क्या उसका क़र्ज़ सिर पर लेकर इस दुनिया से जाऊंगा?

'करीब दो साल गुज़रे थे कि एक दिन मसीतां का बड़ा बेटा मेरा नाम पूछता हुआ अचानक मेरे दफ़्तर में आ गया। वह अजमेर शरीफ़ जा रहा था। मैंने उसे उसके बाप की सूरत से पहचाना। उसने सिर्फ इतना ही कहा कि मां ने कहा था, दिल्ली में सरदार साहब की खैर-खैरियत लेते आना। उसने किसी रुपए का ज़िक्र नहीं किया था, लेकिन मैंने उस वक़्त को खदा की ग़नीमत समझा, और उसकी मां का क़र्ज़ उतार दिया...

मेरी आंखें भर आईं, होठों पर आया–'मानती हूं अनूप सिंह जी, कि इस अहसास के बिना, दुनिया के और तीर्थों की यात्रा तो हो सकती है, लेकिन मन-तीर्थ की यात्रा नहीं हो सकती..."

अनूप सिंह जी अंतर्मन में उतरते हुए कहने लगे–'मेरे मन की जिस अवस्था

को आपने मन-तीर्थ की यात्रा कहा है, शायद इसी कारण यह हुआ है कि कई बार आने वाली घटनाएं मेरे अंदर कहीं सरकने लगती हैं। उनके पैरों की आवाज़ कान में पड़ने लगती है...'

"एक बार मैं कलकत्ता होटल में ठहरा हुआ था, वहां हाई कोर्ट में एक मुक़दमा लगा हुआ था, दोपहर को थोड़ा-सा सो गया, तो सपना आया–मेरी मां को कहीं चोट लगी है, और उन्हें उठाकर कहीं ले जाया जा रहा है। जाग गया, तो सपने का वक़्त काग़ज़ पर लिख लिया। दिल्ली फ़ोन किया, मां का हाल पूछा, तो जवाब मिला–सब ठीक है। दो दिन के बाद दिल्ली लौटकर आया, तो हवाई अड्डे पर आए हए अपने बेटे से पूछा–घर में खैरियत है?–उसने कहा–हां, सब ठीक है। घर पहंचा तो पता चला, मां कहीं से गिर गई थी, इसलिए वह अस्पताल में है, लेकिन ठीक है, खतरा नहीं है।'

'मां अस्पताल से आई, तो मैंने उसे वह काग़ज़ दिखाया, जिस पर अपने सपने का वक़्त लिखा हुआ था। ठीक वही तारीख थी, वही वक़्त, जब मां गिरी थी..."

मैंने कहा–'ऐसी घटनाएं शायद मन-तीर्थ की यात्रा का प्रसाद होती हैं।

प्रसाद लेने की मुद्रा में अनूप सिंह जी ने अपने हाथ देखे, कहने लगे–'चाहता हूं, मेरे हाथ से किसी को तकलीफ़ न पहुंचे, और मैं इन हाथों को ईश्वर का प्रसाद लेने के लिए सुच्चे रख सकूं...

अब वे स्थूल काया में नहीं हैं, लेकिन मेरे मन के आंगन में उनकी याद बसी हुई है, जब मुझ पर कड़ा वक्त आया, मुझे अदालत का दरवाज़ा देखना पड़ा, तो जब नामुराद तारीख़ होती, अनूप सिंह जी फ़ोन करते–'गुलों में रंग भरे, बादा-ए नौ बहार चले, चले भी आओ कि अदालत का कारोबार चले। उनके स्नेह से मेरी आंखें भर आतीं, मैं जवाब देती–'हां, गुलों में रंग भरे, बादा-ए नौ बहार चले, चले भी आओ कि सच्चाई का कारोबार चले।'

एक बार मेरे एक 'खैरख्वाह' थे, जो अनूप सिंह जी के पास गए, कहने लगे–'सुना आप अमृता से कोई पैसा नहीं लेते, लेना चाहिए आपको, क्यों नहीं लेते?'

और अनूप सिंह जी उसे कहने लगे–'मैं किसी से कितना लेता हूं, या नहीं लेता, इसका हिसाब पूछने वाला कौन होता है?—और आप लोग यह नहीं समझ सकते कि वह मेरी बहन है या बेटी।

अब और नहीं लिखा जाता। यह सब लिखते हुए मेरी आखें भर आईं...।

ज़ुल्फ़िया खानम

काले, केसरी और सब्ज़, पीले-चाय के प्याले मैंने नए-नए ख़रीदे थे। दिल्ली में हो रही एशियन राइटर्स कान्फ्रेंस पर जब कई देशों के डैलीगेट्स आए, मुलाक़ातें हुईं, तो उनमें से कुछ उज़बेक लेखकों ने मेरे घर आकर, मुझसे मिलना चाहा। उनमें एक जुल्फ़िया ख़ानम थी, और उनके स्वागत में मैंने घर की दहलीज़ के सामने 'खुशआमदीद' लफ़्ज रंगोली की तरह सजाया था। इतना भर पता था कि उज़बेक लोग उर्दू पढ़ लेते हैं, और अंदर कमरे में वे काले, केसरी, सब्ज और पीले रंग के प्याले चाय से भर कर रखे थे...

जुल्फिया को चाय का प्याला देने लगी, तो काला रंग मुझे कुछ उदास लगा, केसरी रंग कुछ शोख़ लगा, सब्ज रंग भी गहरा था, इसलिए मैंने हलके पीले रंग का प्याला उसे दिया। उस समय जुल्फ़िया ने कहा–'पीला रंग हिज्र का होता है, मुझे तो आगे ही कुदरत ने ज़रूरत से ज़्यादा दे दिया है, इसलिए मुझे केसरी रंग के प्याले में चाय दे दो।'

मैंने उसे केसरी रंग का प्याला दे दिया और खुद पीले रंग का ले लिया। उसने फिर कहा–'देख, तेरी-मेरी दोस्ती में विरह नहीं आना चाहिए, तू भी पीले रंग के प्याले में चाय न पी। हम दोनों बिरहा के गीत लिखते थक गई हैं, और जुल्फ़िया हंसकर कहने लगी–'यह पीले रंग का प्याला तू किसी मर्द को दे दे। उन लोगों को विरह नहीं छूता, अगर छूता भी है, तो बस थोड़ी देर के लिए..."

मैंने मर्द लेखकों की ओर देखा-वे हारे हुए से हंस रहे थे. 'आहिस्ता-आहिस्ता कमरा शायरी से महक गया। बारी-बारी से सभी ने अपना कलाम पढ़ा, और फिर जुल्फ़िया ने अपनी वह नज़्म पढ़ी, जिसके अक्षर-अक्षर से हिज्र की तपिश आ रही थी...

उस समय मैंने जाना कि हमीद आलम जान उसका महबूब ख़ाविंद था, जो दो छोटे-छोटे बच्चे उसकी गोद में देकर इस दुनिया से रुख़सत हो गया था, और जुल्फ़िया की नज़्म अब भी तड़पकर कह रही थी—

जुल्फिया के साथ

दुनिया लाख बसती रहे
पर तुम्हें ढूंढने के लिए
आज बहार फिर से आई है...

अब ज़िंदगी की ऋतुएं ज़ुल्फ़िया के साथ मिलकर उसे ढूंढ रही हैं...

उस रात कान्फ्रेंस की ओर से एक मुशायरा था, जहां ज़ुल्फ़िया को भी नज़्म पढ़नी थी, पर जब उसकी बारी आई, उसने उठकर इतना ही कहा–'आज अमृता के घर मैंने अपनी वह नज़्म पढ़ी, जिसके बाद मैं सारी टूट गई हूं, इसलिए अब कोई नज़्म पढ़ना मेरे अख़्तियार में नहीं है...'

वह घड़ी थी–जब ज़ुल्फ़िया के साथ मेरी असल पहचान हुई। एक वास्तविक शायर से, जो किसी नज़्म के लिखते वक़्त भी पूर्ण तौर पर नज़्म में उतर जाता है, और फिर उसे कभी पढ़ने के वक़्त भी वह सारा पिघलकर अक्षरों में समा जाता है...

1961 के बरस, अप्रैल, मई के वे दिन आए, जब मैं उज़बेकिस्तान गई, तो किसी होटल में रहने की जगह, ज़ुल्फ़िया के घर में रही थी–कोई पन्द्रह दिन। उन दिनों के अनुभव को मैंने दो पंक्तियों में लिखा था—

कब से बिछुड़ी हुई क़लम, जैसे काग़ज़ के गले मिलती है
और इश्क़ का रहस्य खुलता है
एक पंक्ति पंजाबी में, एक उज़बेक में
और देखो फिर भी काफ़िया मिलता है...

यह हमारा मिलन इस तरह था—जिसने दोस्ती को एक नज़्म बना दिया। ताशकंद यूनीवर्सिटी में मेरा परिचय देते हुए ज़ुल्फ़िया ने मेरी एक नज़्म का उज़बेक तर्जुमा पढ़ा, और मैंने उसकी नज़्म का पंजाबी तर्जुमा पढ़ा और जब यूनीवर्सिटी की ओर से मुझे उज़बेक टोपी की सौग़ात दी गई, जो रेशमी धागों की बड़ी प्यारी कढ़ाई वाली थी, उसे मेरे सिर पर रखकर ज़ुल्फ़िया बोली–'हाय अल्लाह, एकदम उज़बेक लग रही है....

दूसरे दिन हम लोगों को रेशम कातने वाली मिल में जाना था। कारीगरों से मिलना था, और उन्होंने जब हम दोनों को रेशमी स्कार्फ दिए, और ज़ुल्फ़िया ने वह अपना स्कार्फ़ सिर पर लपेट लिया, तो सचमुच वह एक पक्की पंजाबी लड़की लग रही थी..

यह वक़्त था, जब जुल्फ़िया मुझे अमृता ख़ानम बुलाने लगी, और फिर अमृत लफ़्ज़ का भी उज़बेक तर्जुमा कर उसने मेरा नाम उलमस ख़ानम रख दिया, तब खाना खाते हुए, जब वाईन के टोस्ट पेश हुए, तो जुल्फ़ लफ़्ज का हिंदी तर्ज़ुमा कर मैंने उसका नाम अलका कुमारी रख दिया..

और हंसते-हंसते जुल्फ़िया ने, एकदम उदास होकर मेरा हाथ पकड़ लिया, कहने लगी–'सुबह होते ही कुछ फूल लेकर हम हमीद आलम जान की क़ब्र पर जाएंगे। मुझे उसे बताना है कि मुझे इस दुनिया में एक दोस्त मिल गई है, मुझे उसे कहना है—अपनी साली से मिल लो।'

उस रात जुल्फ़िया और मैं क़रीब सारी रात बातें करती रहीं। दिन के समय मेरा मुतर्ज़िम हमारे साथ होता था, नबी जान, बहुत हस्सास दिल का, और उर्दू अच्छी जानता था, इसलिए मेरी कुछ नज़्में वह जल्दी से मुझसे उर्दू में समझता और फिर उज़बेक में तर्जुमा कर देता, और जहां भी जाना होता, वह नज़्में वहां पढ़ देता, पर उस रात हमें वे बातें करनी थीं—जिनके लिए कोई मुतर्जिम पास नहीं होना चाहिए। उसके लिए तस्वीरें भी हमारी मदद करती रहीं, और कुछ लफ़्ज़ अंग्रेज़ी के, कुछ उर्दू के—हमारी बातों के धागे जोडते रहे...

उस रात जुल्फ़िया ने मुझे बताया कि जब कभी वह अपने महबूब से रूठा करती थी, वह हमेशा एक नज़्म लिखकर रूठी हुई के सामने रख दिया करता था—उसकी एक नज़्म अंग्रेज़ी में तर्जुमा हो चुकी थी—जिसका मैंने उस रात पंजाबी में अनुवाद किया

बहार की खड्डी पर अगर मैं तेरी पोशाक बुनूं
तू खुश होगी? एक बार, सिर्फ़ एक बार ...
मुझे एक ही सितारा चाहिए–
जो बर्फ़ की गांठ में बांध लूं
और वह चादर तेरे पैरों में बिछा दूं
रात के दामन में मैं फूल चुनूं
और वह रात तेरे पैरों में बिछा
दूं दुनिया के नग़मे मैं अपने सीने में भरकर
अगर तेरा विर्द लिखूं
तू खुश होगी? एक बार, सिर्फ़ एक बार...

और उस रात जुल्फ़िया ने फिर एक नज़्म लिखी—अपने हमीद आलम जान के लिए, और हम दोनों जब सुबह कुछ फूल लेकर उसकी क़ब्र पर गईं, तो जुल्फ़िया ने अपनी नज़्म भी क़ब्र पर रख दी...उस समय मैंने जाना कि जुल्फ़िया जब भी कोई नज़्म लिखती है, उसकी पहली कॉपी वह हमेशा हमीद आलम जान की क़ब्र पर जाकर रख देती है...

अब 1996 में 23 अगस्त की शाम-ताशकंद से फ़ोन आया था, हिंदुस्तान के सिफ़ारतख़ाने से–2 अगस्त वाले दिन जुल्फ़िया इस दुनिया को विदा कह गई है। वह यहां के लोगों की बड़ी मक़बूल शायरा थी। हमें कुछ दिनों में उसकी याद में एक दिन सर्फ़ करना है, जिसके लिए अपना पैग़ाम भेज दीजिए। सुना है कि वह आपकी बहुत अच्छी दोस्त थी...'

इन्हीं कुछ यादों के चार लफ़्ज़ लिखते हुए—मैंने लिखा कि ये मेरे लफ़्ज़ जुल्फ़िया खानम की क़ब्र पर रख देना!

सज्जाद हैदर

मेरे अकेलेपन का अभिशाप इमरोज़ ने तोड़ा है, पर उससे मिलने से पहले एक और प्यारी घटना मेरे साथ घटी थी–एक बहुत ही पाक-दिल इंसान की दोस्ती मुझे मिली थी।

सज्जाद हैदर से परिचय तब हुआ था, जब अभी देश का विभाजन नहीं हुआ, था। अपने समकालीनों में किसी एक से भी ऐसी मुलाक़ात नहीं हुई, जो उलझनों और ग़लतफ़हमियों से रहित होकर हुई हो। दोनों हाथों से तल्खियां बांटने वाली सब मुलाक़ातों में केवल सज्जाद से ऐसी मुलाक़ात थी, जो पहली थी, और जिसके साथ दोस्ती लफ़्ज़ आंखों के आगे झिलमिला जाता था..

लाहौर में थी, तो अकसर मुलाक़ात होती थी। किसी मुलाक़ात के होंठों पर कोई शोख़ हर्फ़ कभी नहीं आया। वह मिलने आता था, तो एक अदब उसके साथ ही सीढ़ियों पर चढ़ता था, फिर बहुत जल्दी ही फ़साद शुरू हो गए, सारा-सारा दिन क़र्फ़्यू लगा रहता, पर क़र्फ़्यू खुलता, तो वह घड़ी-पल के लिए ज़रूर आता। उन्हीं दिनों 23 अप्रैल आई—यह मेरी बच्ची का जन्मदिन था। शहर के अग्नि और हत्याकांडों के वातावरण में जन्मदिन मनाने का होश नहीं था। शाम को दरवाज़े पर खटका हुआ–सज्जाद मेरी बच्ची के पहले जन्मदिन का केक बनवाकर लाया था।

देश का विभाजन हो गया। मैं देहरादून में थी। सज्जाद के ख़त बराबर आते थे। उन्हीं दिनों मेरे लड़का हुआ था और लाहौर में सज्जाद के घर भी बेटा। मैंने अपने लड़के का नाम नवराज चुना, और सज्जाद ने मेरे बच्चे के नाम पर अपने बच्चे का नाम नवी रखा। हमने तस्वीरों के ज़रिए बच्चों को देखा।

फिर मेरे बेटे को बुखार आने लगा। कई दिन हो गए तो मैं घबरा गई। सज्जाद के ख़त का ज़वाब दिया, तो बुखार के बारे में लिख गई। वापसी डाक से जो ख़त आया, वह मेरे ज़हन में अब तक उतरा हुआ है। लिखा था–'मैं सारी रात खुदा के आगे दुआ करता रहा कि तुम्हारा बच्चा राज़ी हो जाए। अरबी कहावत है कि जब दुश्मन दुआ करता है, तो वह ज़रूर क़बूल होती है। इस वक़्त मैं दुनिया की नज़र में तुम्हारा दुश्मन

सज्जाद हैदर

हूं—वैसे खुदा न करे मैं कभी भी तुम्हारा या तुम्हारे बच्चे का दुश्मन बनूं।'

'वारिस शाह से' कविता से पहले देश के बटवारे के बारे में एक और कविता लिखी थी–'पड़ोसी सौन्दर्य' और लिखते ही सज्जाद को भेज दी थी। वह कविता पंजाबी में मेरे पास से खो गई, इसलिए कभी मेरी भाषा में नहीं छपी, पर सज्जाद ने ख़त में लिखी हुई कविता का अंग्रेज़ी में अनुवाद किया और वह 'पाकिस्तान टाइम्स' में छपी थी।

फिर कुछ बरस बाद साहिर की मुलाक़ात पर मैंने एक नज़्म लिखी–'सात बरस' । वह चाहे देश के विभाजन के समय पाकिस्तान नहीं गया था (गया था, पर वहां रहा नहीं), वह हिन्दुस्तान में था, पर सात बरस उससे मुलाक़ात नहीं हो सकी थी। सात बरस के बाद मिला, तो एक कविता लिखी, वह छपी, तो किसी तरह पाकिस्तान पहुंच गई। सज्जाद ने पढ़ी और मुझे ख़त लिखा–'मैं तुमसे मिलने के लिए हिन्दुस्तान आना चाहता हूं, पन्द्रह-बीस दिन की छुट्टी लेकर। तुम बड़ी उदास लगती हो, मैं तुमसे 'उसकी' बातें करूंगा, जिसके लिए तुमने 'सात बरस' कविता लिखी है।'

वह आकर अठारह दिन दिल्ली में रहा, रात को मरीना होटल में, और सारा दिन मेरे पास। यह मेरी ज़िन्दगी में पहला समय था, जब मैंने जाना कि दुनिया, में मेरा भी कोई दोस्त है, हर हाल में दोस्त, और पहली बार जाना कि कविता केवल इश्क़ के तूफ़ान में से ही नहीं निकलती, यह दोस्ती के शान्त पानियों में से भी तैरती हुई आ सकती है। सज्जाद के जाने के समय मैंने कविता लिखी–'कहीं पंख बिकते हों, तो हमें दो, परदेसी, या हमारे पास रह जाओ..

एक बार लाहौर में किसी दावत में सज्जाद के एक दोस्त की बीवी ने मिठाइयां देते हुए सज्जाद को बार-बार इमरती पेश की। सज्जाद ने एक-दो बार तो हंसकर टाल दिया, पर फिर संजीदा होकर बोला, 'भाभी, तुमने उसके नाम को लेकर मुझसे मज़ाक़ किया है, फिर कभी न करना। तुम्हें नहीं मालूम कि मेरी मुहब्बत में उसके लिए परस्तिश भी शामिल है।'

उसकी हसीन रूह की एक और घटना याद आ रही है। हम कनॉट प्लेस से घर आए थे, स्कूटर में। स्कूटर वाले ने कुछ ज्यादा ही पैसे मांगे, मैं उससे पैसों के बारे में कुछ कह रही थी कि सज्जाद ने जल्दी से जितने पैसे उसने मांगे थे, उतने उसे थमा दिए और उसके जाने के बाद मुझसे कहने लगा, 'ये जितने भी लोग पाकिस्तान से उजड़कर आए हैं, मुझे लगता है, मैं सबका कुछ-न-कुछ देनदार हूं...'

काश, इस मनुष्य की रूह से सारी दुनिया की राजनीति, अगर बहुत नहीं, तो थोड़ा-सा सौन्दर्य मांग लेती..

फिर राजनीतियों के कर्म कि दोनों देशों में चिट्ठी-पत्री बन्द हो गई। जिन वर्षों में मैं बड़ी मुश्किलों से गुज़र रही थी, बड़ी अकेली थी, सज्जाद का ख़त भी मेरे साथ नहीं था (उन दिनों कई महीने तक एक साइकोट्रिस्ट के इलाज में रही थी, उसके कहने पर उसके लिए जो अपनी परेशानियां और सपने लिखे थे, वही फिर 'काला गुलाब' किताब में छपे थे)।

फिर इमरोज़ मेरी ज़िन्दगी में आया। दोनों देशों में कुछ समय के लिए चिट्ठी-पत्री भी खुली। फिर मैंने और इमरोज़ ने सज्जाद को ख़त लिखा। जवाब में उसका जो ख़त इमरोज़ के नाम आया, दुनिया के सब इतिहास उसे सलाम कर सकते हैं। लिखा था–'मेरे दोस्त! मैंने तुम्हें देखा नहीं है, पर 'ऐमी' की आंखों से देख लिया है, और आज दुनिया के इतिहास में जो नहीं हुआ, वह हुआ है। मैं तुम्हारा रक़ीब तुम्हें सलाम भेजता हूं।'

साहिर से भी मेरी और इमरोज़ की मुलाक़ात हुई थी। पहली मुलाक़ात में वह उदास था—हम तीनों ने एक ही मेज़ पर जो कुछ पिया, उसके ख़ाली गिलास हमारे आने के बाद भी कुछ देर तक उसकी मेज़ पर पड़े रहे। उस रात को उसने नज़्म लिखी थी–'मेरे साथी खाली जाम, तुम आबाद घरों के वासी, हम हैं आवारा बदनाम'.. और यह नज़्म उसने मुझे रात के कोई ग्यारह बजे फ़ोन पर सुनाई, और बताया कि वह बारी-बारी से तीन गिलासों में ह्विस्की डालकर पी रहा है, पर मुंबई में दुसरी मुलाक़ात के समय इमरोज़ को बुखार चढ़ा हुआ था, उसने उसी वक़्त अपना डॉक्टर भेज दिया था, उसके इलाज के लिए।

सज्जाद के बारे में जो मन में था, निस्संकोच क़लम की नोक पर आ गया है—अपने पाक रूप में, पर राजनीतिक हालात का तक़ाज़ा है कि उसका ज़िक्र भी मेरी ज़बान पर नहीं आना चाहिए। पिछले दिनों जब रेडियो और टेलीविज़न के लिए कुछ संस्मरण प्रस्तुत करते हुए मैंने फ़ैज, नदीम और सज्जाद का कुछ बार नाम लिया, तो पाकिस्तान के कुछ अखबारों ने उसके अर्थ तोड़-मरोड़कर मेरे साथ अपने लोगों को भी बुरा भला कहा...

एक सजदा

1973 का अगस्त, अठारह तारीख़, अशोका होटल से फ़ोन आया–'मैं पाकिस्तान

से सुलह की बातचीत करने के लिए जो डेलीगेशन आया है, उसका एक मेम्बर बोल रहा हूं...'

खाना खा रही थी, हाथ का निवाला हाथ में रह गया। मन की गहराई में एक तृप्ति का आभास हुआ। घड़ी की ओर देखा, आधा घंटे में वह फ़ोन वाला भला आदमी मुझे सज्जाद का ख़त और उसकी भेजी हुई एक किताब देने आ रहा था...

आधे घंटे बाद आने वाले को लैंपशेड पर पेंट किया हुआ फ़ैज का शेर दिखाया और लाइब्रेरी की अलमारियों पर पेंट किया हुआ क़ासमी का शे'र दिखाया। कहा 'इस बार सुलह की बातचीत को पूरा करके जाना, उन देशों में आपस में काहे की दुश्मनी जिनके शे'र एक-दूसरे के घरों की दीवारों पर बैठे हुए हैं...'

प्यारा-सा जवाब मिला, 'इंशा-अल्लाह ज़रूर सुलह होगी।'

और उस भले दूत के जाने के बाद ख़त खोला, अक्षरों का जादू देखा, जो काली स्याही में नहाकर, लगता था, सुनहरे हो गए हैं–'ऐमी, तुम्हें खत भेजने का मौक़ा गंवाया नहीं जा सकता, जब भी कोई मेहरबान सरहद को चीरने लगता है। मेरा पिछला खत तुम्हें रोम से पोस्ट हुआ था, वह एक उस दोस्त ने किया था, जो हमारे पहले प्रेसिडेंट के साथ वहां गया था। मुझे उम्मीद है, मिल गया होगा। इस बार एक ऐसा संजोग बना है कि यह ख़त शायद तुम्हें दस्ती पहुंचाया जा सके। इसे लेकर आने वाला मेरा एक प्यारा दोस्त है। वह शायद तुमसे मिलना भी मुमकिन कर ले। मैं तुम्हें देखना चाहता हूं, इतना कि चाहे एक एतबारी दोस्त की आंखों से ही देखूं मैंने उससे कहा, फ़ोन करे, पूछे कि मुलाक़ात मुमकिन हो जाए, तो वह जब वापस आएगा, मैं उससे कितनी देर तक कितने ही सवाल पूछता रहूंगा, वह कैसी लगती है? वह कैसे कपड़े पहने हुए थी? क्या वह हंसी थी? मेरे बारे में उसने क्या कहा था? वह अभी भी उसी तरह से है? एक सौ सवाल। वह खुशनसीब है, मैं एक उड़ते हुए पल की मुलाक़ात के लिए तरसा हुआ हूं..."

ख़लील जिब्रान ने जब कहा था–'जिंदगी का मक़सद ज़िंदगी के भेदों तक पहुंचना है और दीवानगी इसका एकमात्र रास्ता है।' मैं सोचने लगी, तब मेरे सज्जाद का नाम खलील जिब्रान था...

मुझे अपनी दीवानगी पर गर्व है, पर आज वह भी सज्जाद की दीवानगी के सामने सजदे में झुकी हुई है।

बासू दा

एक दिन बासू भट्टाचार्य से लम्बी बातें हुईं–

? : बासु, राजपुरोहित घराने में ज्ञान की परम्परा होती है; पर वही परम्परा उसकी एक सीमा बन जाती है। आप उस लक्ष्मण-रेखा के बाहर कैसे आए थे?

बासू दा : अमृताजी, मुझे ऐसा लगता है कि हर परम्परा की सीमा-रेखा अगर सही अर्थों में रक्षा–रेखा नहीं बनती, तो बाहरी दुनिया उसके भीतर प्रवेश कर आती है–या अन्तर की दुनिया उसके हाथों से बाहर निकल जाती है–यह रेखा एक तरह से क़िले की दीवार होती है–जिसे अगर लगातार जोड़ा-संवारा न जाए, तो उसमें तरेड़ें पड़ जाती हैं। उन तरेड़ों–छेदों में से ही ज़िंदगी से खेलने का गेम शुरू हो जाता है–मुख्यद्वार के आगे दरबान बैठा रहता है, भीतर से बाहर जाने वालों पर भी निगरानी रखता है, बाहर से भीतर आने वालों पर भी–पर गेम उधर से शुरू नहीं होता। वह तो उधर से शुरू होता है, जिधर से दीवार का थोड़ा-सा टुकड़ा गिर गया हो–बात यह थी कि मैं पुरोहित का बच्चा था, पर बच्चा, बच्चा अधिक होता है, पुरोहित कम होता है। सो, वही बच्चा–उस मोखले में से बाहर निकल गया–लोग दीवारें निर्माण करते रहते हैं, समय तोड़ता रहता है–और कोई नीचा-सा मोखला जब कभी बच्चे के सिर के सामने आ जाता है, वह सिर बाहर निकाल लेता है–देखा–इस लक्ष्मण–रेखा के बाहर आकर जब भी जिंदगी से मुलाक़ात हुई–एक बच्चे की मुलाक़ात हुई। मुख्य द्वार के बाहर जाकर जब भी जिंदगी से मुलाक़ात होती थी, पुरोहित के बच्चे की होती थी। उसे सब पुरोहित का बच्चा जानकर दुलारते थे, एक निश्चित आदर देते थे, अस्वाभाविक, पर मोघले से बाहर आकर जो मिलता था, सहज था, स्वाभाविक। वहां मैं नाई के बच्चे के साथ भी

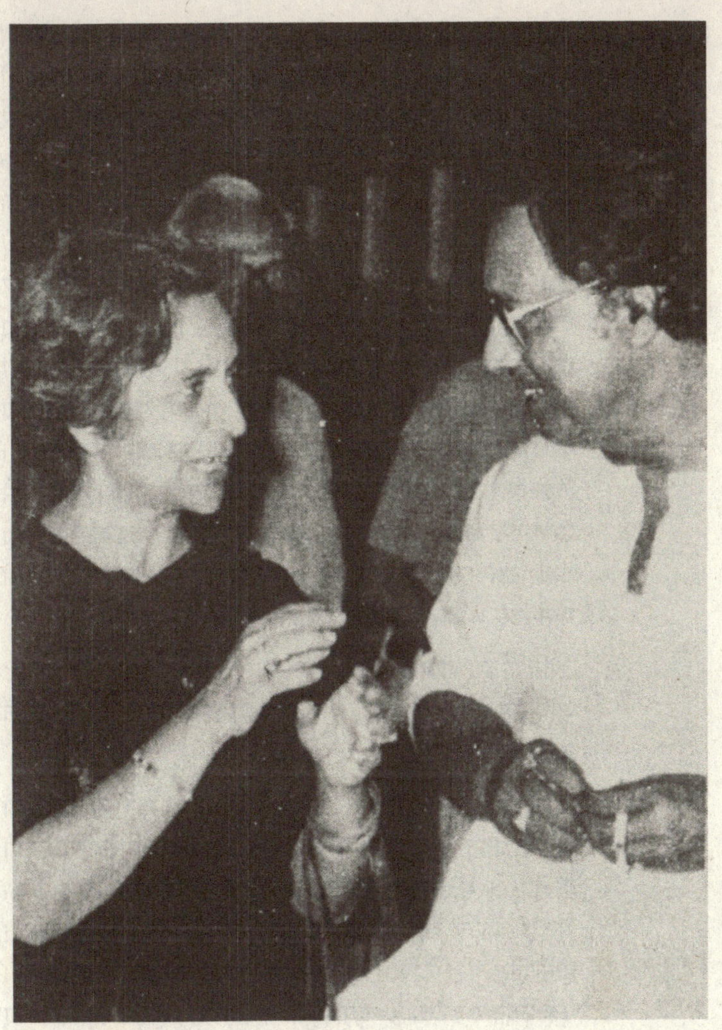

बासू दा के साथ

खेल सकता था, धोबी के बच्चे के साथ भी–बराबरी से खड़े होकर। धरती के एक ही स्तर पर, लेकिन मुख्य द्वार के बाहर जाकर एक ऊंचे चबूतरे पर खड़े होना पड़ता था–और बाक़ी दुनिया टूटकर, नीचे परे हटकर खड़ी हो जाती थी। फिर एक छोटी-सी घटना हो गई। एक क़ाबुली मेरे पिता का बहुत मित्र था–बरसों से मित्र के स्थान पर खड़ा हुआ, पर वह जब भी घर आया, कभी भी खाने के समय नहीं आया। एक दिन उस समय आ गया, जब हम सब खाना खा रहे थे। आकर बैठ गया। कुछ देर बाद उसने देखा कि उससे किसी ने खाने के लिए नहीं पूछा। अचानक बोला, "तू कैसा दोस्त है रे! हमको खाने के लिए नहीं पूछता...!" और उसने मेरे पिता की थाली में से एक गस्सा रोटी का तोड़ लिया–उसकी वह आवाज़ अभी भी मेरे कानों में मौजूद है। पिता फिर उस थाली में से नहीं खा सके। यह भी देखा। देखा, कैसे उस घटना के बाद वह आदमी, जो सिर्फ़ मित्र था, फिर मुसलमान हो गया। उसने एक हिन्दू को पहचान लिया था, इसलिए मुसलमान हो गया–इस छोटी-सी घटना से बहुत बड़ा अन्तर पड़ गया...

? : क्रांति के इस बीज के लिए आपने मन की गीली मिट्टी कैसे पाई थी? ज़ाहिर है कि घर में किसी और ने, चाचा लोगों ने, या बड़े भाइयों ने नहीं पाई होगी...

बासू दा : बंगाल में ओझा लोग भूत उतारते हैं, सरसों के दानों से। वहां की एक कहावत है–'जिस सरसों से भूत उतारोगे, अगर उसी सरसों के दाने में भूत हुआ, तो क्या करोगे?' सो, मैं सरसों के दाने का भूत हूं–क्रान्ति का बीज हमेशा वहां होता है–जिसके विरुद्ध क्रान्ति होनी होती है–मेरे पिता, मेरे चाचा जो भी थे–मैं उन्हीं के अंदर था। एक उदाहरण देता हूं–दुर्गा-पूजा के दिन थे। हमारे वहां सब नए कपड़े पहनते हैं। हमारे इलाके का नाम सैयदाबाद था, पर एक नाम 'भट्टाचार्य पाड़ा' भी था...

? : यानी जहां भट्टाचार्य रहते हैं...

बासू दा : हां, यह समाज का वह समय था, जब ब्राह्मण ऊंची श्रेणी के तौर पर अपनी कीर्ति खो चुके थे। वे सिर्फ़ किसी खतरे–ख़ौफ़ की घड़ी

में याद किए जाते थे। यह बंगाल की अजीब परम्परा रही है कि ब्राह्मण वहां बसे, पर वे वहां हुकूमत नहीं कर सके। बंगाल अनेक क़ौमों का एक संगम बना रहा। आर्य लोग वहां कभी नहीं आए, पर मंगोल आए, शक, हूण, पठान और पुर्तगाली सब आए। आर्य लोग बस नाममात्र ही आए। एक ख़ास वक़्त आया था, जब ब्राह्मण धर्म का प्रभाव ज़रूर था, पर वहां कोई ब्राह्मण नहीं था। सो वह विशेष तौर पर बुलाए गए, कन्नौज से, उज्जैन से...

? : ब्राह्मण अपने जन्म से है, या कर्म से–इसके बारे में बंगाल का क्या चिंतन है?

बासू दा : यही बताने लगा था। एक बार एक ब्राह्मण-घर से शादी की बारात जा रही थी। उसे राजा ने बहुत-सी दान-दक्षिणा दी थी। वह बारात रास्ते में लूटी गई। इसलिए लूट-मार से डरते हुए ब्राह्मण-घरों ने अपने आसपास और आपस में ही ब्याह करने शुरू कर दिए, पर कब तक करते? थोड़े से घर थे। उस समय उन्हें कृष्ण का कथन याद आया–'चातुर्वर्ण्य मया सृष्टं गुणकर्मविभागशः'–जिसका अर्थ है–यह चारों वर्ण–श्रेणियां मैंने बनाई हैं, गुण और कर्म के आधार पर। इसलिए उस समय ब्राह्मणों ने ब्राह्मण सिरजे, यानी कुछ लोगों को उनके गुणों के आधार पर ब्राह्मण मान लिया। आचार, विनय, विद्या, प्रतिष्ठा, तीर्थदर्शन आदि–यह नौ लक्षण जिसमें हों, वही कुलीन है। सो, इस आधार पर नया ब्राह्मण समाज बना।

? : बासु, एक सवाल सामने आता है कि मर्द में तो ब्राह्मण होने के लिए नौ लक्षण गिने गए, पर औरत के ब्राह्मण होने के लिए भी यह लागू होते थे?

बासू दा : यही मज़ेदार बात है। मर्द इन गुणों के आधार पर ब्राह्मण हो सकता था, पर औरत उसके साथ सिर्फ़ ब्याह करके...

? : सो मर्द के व्यवसाय के लिए गुण की आवश्यकता थी, औरत के लिए गुण की जगह ब्याह की...

बासू दा : यहीं से सब कुछ उलटा हो गया। अजीब फ़िनोमिना हुआ कि हर

ब्राह्मण के घर पुत्रों की बजाय कन्याएं अधिक होने लगीं। औरतों की गिनती इतनी बढ़ गई कि आख़ीर में एक ब्राह्मण कई औरतों से ब्याह करने लगा। पांच, सात, बीस ब्याह कर लेना तो साधारण बात थी। एक सौ अस्सी औरतों से एक ब्राह्मण के ब्याह की मिसाल मिलती है। वह बारी से हर औरत के पास जाता, तो साल में एक पत्नी के भाग में केवल दो दिन आते....

? : बासु, क्या यही वह समय नहीं था, जब ब्राह्मण का पूरा चरित्र बदल गया?

बासू दा : बिल्कुल बदल गया। उसका कर्म 'देना' था। वही उलटा होकर 'लेना' बन गया। जैसे पक्षी के जन्म के बारे में कहा जाता है कि उसके दो जन्म होते हैं। एक मादा से पैदा हुए अंडे की शक्ल में और दूसरा अंडे से निकले पक्षी की शक्ल में। इसी तरह ब्राह्मण के दो जन्म माने जाते हैं–एक ब्राह्मण कुल में जन्म लेना और दूसरा अपने कर्म से ब्राह्मण बनना।

? : सो दूसरा जन्म अपने व्यक्तित्व को बनाने वाला, उसका जन्म न रहा। यही ब्राह्मण-आचरण के बदल जाने का कारण जान पड़ता है कि यह फिर चिंतन शक्ति वाला, यानी पंखों की उड़ान वाला जन्म नहीं ले सका, सिर्फ़ अंडे वाला घुटा, बन्द जन्म लेकर रह गया...

बासू दा : बिल्कुल यही हआ। ब्राह्मण-समाज जब बनाया जा रहा था, बहुत गिनती हो गई, तो इस समाज का निर्माण कार्य रोक दिया गया। ब्राह्मण बनना कौन नहीं चाहता था! वह श्रेणी, जो ब्राह्मण बनने की क्रिया में थी, पर नहीं बन सकी, वही एक विरोधी श्रेणी पैदा हो गई...

? : वह विरोधी श्रेणी किस नाम से जानी गई?

बासू दा : उन्होंने अपने साथ विशेष रूप से एक विशेषण जोड़ लिया 'वैध' –सो वह श्रेणी 'वैद्य-ब्राह्मण' कहलाई।

? : और जो श्रेणी ब्राह्मण बन चुकी थी?

बासू दा : उन्होंने भी एक विशेषण लगा लिया 'कुलीन'। यही कुलीन ब्राह्मण अपने शिखर पर पहुंचकर नीचाइयों की ओर उतरने लगे। देने

की जगह लेने के आचरण की ओर। इसीलिए इनके वंशज अपने पूर्वजों को कभी आदर नहीं दे सके।

? : सो उसी सरसों के दाने में भूत पैदा हो गया, जो खुद भूत को उतारने चला था...

बासू दा : सुरक्षा की दीवारें जब खड़ी हो जाती हैं, तब उन्हें तोड़ने की प्रक्रिया शुरू हो जाती है। यही हुआ। हर सामाजिक नियम वास्तव में शासक–श्रेणी की सुख-सुविधा के लिए बनता है। वही नियम, जो शासक-श्रेणी की सुख-सुविधा बनते हैं, साधारण लोगों का दुःख-दर्द बन जाते हैं। ब्राह्मण-समाज को शासक-श्रेणी ने पाला था। वह पालना बन्द हो गया, तो ब्राह्मण सिर्फ़ मंत्रों को रटने वाला एक यंत्र बन गया...इस तब्दीली का कारण दूसरी सामाजिक श्रेणियों की लगातार हो रही उन्नति भी थी, उद्योग का विकास भी और पश्चिमी सभ्यता से हो रही जानकारी भी...सो ब्राह्मण-समाज में ग़रीबी फैलने लगी–आर्थिक ग़रीबी भी और मानसिक ग़रीबी भी अमृता जी, ब्राह्मण की आर्थिक ग़रीबी का अनुमान कोई नहीं लगा सकता। सड़कों पर रहने वाली मज़दूर श्रेणी की ग़रीबी उसके मुक़ाबले में कोई ग़रीबी नहीं है, क्योंकि मज़दूर के पास कोई भी मज़दूरी कर सकने का बल होता है, पर ब्राह्मण का बल सिर्फ लोगों की श्रद्धा में होता है। वह कोई भी काम हाथ से नहीं कर सकता, इसलिए उसके बल की बुनियाद हिल जाए, तो वह ग़रीबी बहुत भयानक होती है...हमारा परिवार बहुत बड़ा था, इतना कि उसके खाने के लिए रोज़ अस्सी सेर चावल लगता था...आसपास के ब्राह्मण समाज में खाता-पीता घराना था, पर इर्द-गिर्द की गरीबी...रवीन्द्रनाथ ठाकुर की एक कविता है– 'वसन्त ऋतु में न जाने कितने असंख्य फूल खिले, मैं नहीं जानता, क्योंकि मैं कुछ फूल तोड़ने में व्यस्त था... ।' ठीक वही दशा कुछ खाते-पीते घरों की थी। चारों ओर कितनी भयानक ग़रीबी है, उसका वे अनुमान नहीं लगा सकते थे।

वैसे भी साल के बाक़ी दिनों में यह अनुमान नहीं लगता। सब बच्चे नंगे शरीर और नंगे पांव होते हैं। कुछ खाने की जुगत भी सबकी हो जाती है। ब्राह्मण खाने के समय किसी के घर भी चला जाए, उसे खाना देने से कोई इनकार नहीं करता। मुट्ठी-दान की

प्रथा भी अभी बंगाल में चलती थी, पर ग़रीबी का फ़र्क दर्गा–पूजा के दिनों दिखाई देता है। इन चार दिनों में हर रोज़ नए कपड़े पहनने होते हैं। सो, उन दिनों में हर ब्राह्मण को, हर बच्चे-बूढ़े को कपड़ों के चार नए जोड़ों की आवश्यकता होती है। वही चार जोड़े फिर चाहे सारे बरस के लिए होते हैं, पर तब हर जीव के लिए चार जोड़े एक परम्परा है। मैं कोई आठ बरस का था, मेरी बहन कोई दस बरस की होगी–यही दुर्गापूजा के दिन थे। मैं और मेरी बहन नए कपड़े पहनकर घर से निकले। लड़कों के कपड़े भले ही नए हों, होते उसी तरह के हैं। लड़कियों के कपड़े कई रंग बदलते हैं। सो, मेरी बहन ने बड़े ही चमकीले कपड़े पहने हुए थे, न जाने ब्रोकेड के या काहे के। सामने वाले घर में उसकी वह सहेली रहती थी, जो सचमुच उसकी गाढ़ी सहेली थी। उसने जब मेरी बहन को चमकीले कपड़े पहने देखा, तो दौड़ी-दौड़ी आई, बड़े चाव से, और जैसे ही हाथ बढ़ाकर कपड़ों को छूकर देखने के लिए आगे को हुई, तो मेरी बहन ने उसका हाथ झटक दिया–उसे डर था कि उसका बढ़िया जोड़ा मुस जाएगा। उस समय उस दूसरी लड़की का जैसे मुंह उतर गया। मुझसे देखा न गया। मैं दौड़कर घर लौटा अपने पहने हुए कपड़े उतार दिए। त्यौहार के दिन नए कपड़े उतारने से चाचा जी हैरान हुए। कारण पूछा, तो पहले मैंने टाल दिया, फिर बता दिया। यह भी कहा–"आज से मैं दुर्गा-पूजा के दिनों में कभी नए कपड़े नहीं पहनूंगा।" मैंने आज तक उन दिनों में कभी नए कपड़े नहीं पहने...

? : चाचा जी इस दर्द को पहचान सके?

बासू दा : यही मैं उनकी बड़ाई समझेता हूं कि उन्होंने बाक़ी सब पर नए कपड़े पहनने का नियम लागू रखा, पर मुझ पर नहीं। मेरी मान्यता में उन्होंने दखल नहीं दिया। इसीलिए मेरे मन में उनके लिए आदर हो गया...

? : सो, क्रान्ति के बीज के लिए आपके मन की धरती इतनी उपजाऊ थी ...फिर बासु, इस बीज से उगने वाली पहली पत्ती आपने कब देखी थी?

बासू दा : सच यह है कि पत्ती अभी तक नहीं निकली। 'लीफ़ ऑफ़ ए रिवोल्यूशन इज़ ए फ़ैन्टास्टिक थिंग'...पर बाहर कुछ उगने–देखने की बजाय, भीतर अवश्य कुछ जड़ पकड़ता गया...मेरा जनेऊ संस्कार होना था, कोई नौ या दस साल की उम्र में...तब मुंडन भी ज़रूरी होता है, पर मैंने यह गाली सुन रखी थी कि किसी ने अगर ऐसे-वैसे किया, तो उसका सिर मुंडवा दिया जाएगा...सो, मुझे लगा कि मेरा सिर मुंडवाना मेरा अपमान करना है। तब चाचा जी ने समझाया कि नहीं, यह ब्राह्मण का दूसरा जन्म होना होता है–पहला प्रकृति की ओर से होता है–ब्राह्मण पिता के घर जन्म लेकर, दूसरा अपनी करनी से ब्राह्मण बनना। ब्राह्मण के तीन पिता माने जाते हैं–पहला जन्म-गुरु, यानी पिता, दूसरा दीक्षा-गुरु और तीसरा शिक्षा-गुरु...

? : जिस तरह रूसी संस्कृति में तीन सिर गिने जाते हैं–पहला जो जन्म से मिलता है, दूसरा विद्या से, तीसरा जिंदगी के अमल से...

बासू दा : बिल्कुल वैसे ही...वह मुंडन-संस्कार दीक्षा-गुरु को धारण करना है, पर यह सचमुच एक साधना थी। उस समय व्रत–भिक्षु बनना होता है और पहली भिक्षा मां से लेनी होती है। फिर तेरह दिन किसी औरत को देखना नहीं होता। ये तेरह दिन सचमुच कायाकल्प के होते हैं। तेरह दिन सूरज को भी नहीं देखना होता, और एक सूरज के समय में, यानी एक दिन में अलूना भोजन करना होता है–एक ही आग पर पका हुआ। इसे हविष्य अन्न कहते हैं...

? : सूर्य-दर्शन की प्रतीक्षा में अंधेरी साधना का भी ज़रूर कोई नाम होगा...

बासू दा : हां, असूर्यम्पश्य, पर इस साधना के दौरान त्रिसंध्या करनी होती है। एक बार सवेरे सूरज निकलने से पहले, एक बार जब सूरज शिखर पर होता है, और तीसरी बार संध्या-समय...

? : जब अदृश्य सूरज को विदा कहना होता है–सचमुच बच्चे का कोई दस बरस की उम्र में इस साधना से गुज़रना–अग्नि-स्नान करना होता होगा...

बासू दा : अमृता जी! वह प्रभाव अभी तक मुझ पर बना हुआ है। तब–तेरह दिन बाद मुझे लगा कि एक शक्ति मेरे रोम-रोम में रच गई है–यही

चमत्कार-जैसी शक्ति थी कि मैं तेरह बरस की उम्र में एक भयंकर घटना में से अडोल गुज़र गया–वे हिंदुस्तान के बटवारे के दिन थे–देश के स्वतन्त्र होने के दिन। स्वतन्त्रता बटवारे को लेकर आई थी, इसलिए जो दिख रहा था, वह हज़ारों लोगों का बेघर होकर भटकना था। इसीलिए स्वतन्त्रता का एहसास नहीं हो रहा था। स्कूल में पढ़ता था–एक अजीब घटना हुई कि हमारा हेडमास्टर एक दिन हमारी जमाअत में एक नए मास्टर को लेकर आया। बताया कि वह आज से हमें अंग्रेज़ी पढ़ाया करेंगे। उन्होंने जमाअत में आते समय अपने दोनों हाथ कोट की जेबों में डाले हुए थे। जब पढ़ाने लगे, तो सबसे पहले अपना दाहिना हाथ जेब से बाहर निकालकर हमें दिखाया। दाहिने हाथ की उंगलियां नहीं थीं, जुड़ा हुआ मांस का एक गुच्छा-सा बनी हुई थीं। हाथ दिखाकर बोले, "यह मेरे शरीर की हीनता मुझे जन्म से मिली है। आपको देखने में यह हाथ अजीब लगेगा। शायद आपको हंसी भी आ जाए, पर मुझे आपसे यह कहना है कि आप हंसें नहीं, मुझे तकलीफ़ होगी।" फिर बाएं हाथ से जेब से चाक निकालकर दाहिने हाथ में लिया और बोर्ड पर लिखा–'चर्च'। फिर पूछा–"यह क्या है?" एक लड़के ने जल्दी से उठकर कहा–"चर्च", तो वह बोले, "मैं इस शब्द का ठीक से उच्चारण नहीं कर सकता, 'सर्स' कहता हूं। यह भी मेरी जीभ का जन्मजात दोष है। आप इस पर भी हंसे नहीं...।" इस तरह अमृता जी! जैसे कोई अपनी डिग्रियां गिनवाता है, उन्होंने अपनी सब कमियां गिनवा दी। साथ ही कहा, "मैं वहां से आया हूं, जिसे अब बंगलादेश कहते हैं। कुछ दिन पहले मेरे लिए वह भी मेरा देश था, यह भी मेरा देश, पर अब वह मेरा नहीं रहा। यह नहीं जानता, कैसे हुआ है। मैं या कोई भी अब कुछ नहीं कर सकते। वहां मेरे विद्यार्थी थे, वे मुझे बहुत प्यार करते थे। उन्हें अब मैं आप में पाना चाहता हूं..." और, अमृता जी, उसी पल मुझे अपने उस टीचर से प्यार हो गया...

? : क्या नाम था उनका?

बासू दा : ज्ञान सरकार। हम पांच दोस्त थे, एक ही जमाअत में। मिलकर सोचा कि इस आदमी को इस समय आर्थिक कठिनाई होगी। सो, हम पांचों

उनकी प्राइवेट ट्यूशन ही रख लें। बाक़ी सब अमीर घरों के थे, इसलिए प्राइवेट ट्यूशन के लिए पैसे जिन मिल गए, पर मुझे नहीं मिले। दलील भी थी कि ट्यूशन की आवश्यकता नहीं है, और यह भी कि अगर कुछ ख़ास पढ़ाई की आवश्यकता है, तो घर में मेरे चाचा जी मुझे पढ़ा सकते हैं। मैं घर में ट्यूशन का कारण नहीं बता सकता था, यह मेरे टीचर का अपमान होता। इसलिए सोचा कि अगर कोई ट्यूशन मुझे मिल जाए, किसी बच्चे को पढ़ाने की, तो वहां से पैसे कमाकर, मैं अपने मास्टर की ट्यूशन रख सकूंगा। सो, मैंने ट्यूशन खोजनी शुरू की। मिली, पर मुझसे बड़ी उम्र की लड़की थी, जिसे पढ़ाना था। उसने जब मुझे, एक छोटी उम्र के बच्चे को देखा तो हंसने लगी। मैंने उसे साफ़-साफ़ पैसों की ज़रूरत के बारे में बताया, साथ यह भी कि जो उसे दूसरे दिन पढ़ना हो, तो वह मुझे एक दिन पहले बता दे, मैं पहले दिन खुद पढकर. दसरे दिन उसे पढ़ा सकूंगा। वह मान गई, और मेरा रोज़गार भी और ट्यूशन भी दोनों शुरू हो गए...

? : बासु, जिस तेरह बरस के बच्चे के मन की यह ज़मीन थी, उसे घर के लोग कैसी हैरानी से देखते होंगे?

बासू दा : वह वक़्त भी बहुत जल्दी आ गया। दुर्गा-पूजा के दिन आ गए। उन दिनों में हर उत्सव की सीमा टूट जाती है। साथियों से गले मिलना होता है, बड़ों को प्रणाम करना होता है। हम पांचों दोस्तों ने सोचा कि आज अपने मास्टर जी को अपना आदर-सत्कार दें, सो, उनके पास गए। हममें से तीन कायस्थ थे और दो हम ब्राह्मण। कायस्थ लड़कों ने जाते ही मास्टर जी को प्रणाम किया और मैंने भी निस्संकोच प्रणाम किया। दूसरा ब्राह्मण लड़का मेरे पीछे खड़ा हुआ था, वह वहीं से लौट गया, और मैं जब तक घर पहुंचा–तब तक हमारी बैठक में 'भट्टाचार्य पाड़ा' के महापंडित इकट्ठे हो चुके थे। मुझे बैठक में बुलाया गया। चाचा जी ने पूछा कि मैं कहां से आ रहा हूं? बताया–मास्टर जी को प्रणाम करके। उस समय न जाने कितनी आवाजें मुझ पर बरस पड़ीं कि मैंने ब्राह्मण होकर एक शूद्र को प्रणाम क्यों किया? जस्ट इमेजिन, अमृता जी, कि महापंडितों के दरबार में एक तेरह साल का बच्चा हैरान खड़ा था और उनके चेहरों की ओर देखते हुए सोच रहा था कि

ये सब लोग इतने छोटे हैं! चाचा जी की आवाज़ कमरे में फिर बिजली की तरह कड़की–"तुम जानते हो, तुमने किसे प्रणाम किया है?" वह फिर शूद्र शब्द कहना चाहते थे, जब मेरे मुंह से निकला–"मैंने अपने पिता को प्रणाम किया है।" वही दीक्षा के समय की शिक्षा याद आ गई, और मैंने कहा–"आपने खुद बताया था कि ब्राह्मण के तीन पिता होते हैं, एक जन्म-पिता, एक दीक्षा-पिता और एक शिक्षा-पिता। वह मेरा तीसरा पिता है, इसलिए मैंने प्रणाम किया।"

? : इस जवाब के दो असर हो सकते थे, एक यह कि दूर कड़कती बिजली सचमुच सिर पर गिर पड़े, और दूसरा यह कि यह जवाब पानी की बूंदों की तरह गिरकर धरती-आसमान धो दे...कौन-सा असर हुआ?

बासू दा : शायद दोनों ही असर हुए। चाचा जी तनकर बैठे हुए थे। एकदम कुर्सी की पीठ का सहारा लगाकर निश्चल बैठ गए और सिगरेट पीने लगे, और बाक़ी महापंडित गुस्से को पीकर रह गए। उसके बाद चाचाजी ने किसी के चेहरे की ओर नहीं देखा, आराम से सिगरेट पीते रहे...

? : बासु, क्या यह संस्कृति और क्रान्ति का दोहरा कर्म नहीं?

बासू दा : बिल्कुल दोहरा है, एक धरती की ओर खींच रहा, एक आकाश की ओर। उस समय बंगाल की हवा में ऐसी पोलिटिकल अवेयरनेस थी कि मार्क्सिज़्म विचारों में दाख़िल हो रहा था... अमृता जी, वही दशा मेरी आज भी है–एक ओर धरती की बहुत ज़बरदस्त पकड़ है, दूसरी ओर खुले आसमानों की कशिश है। मैं किसी एक को भी छोड़कर दूसरी को नहीं ले सकता। आई कैन नॉट बी इन्स्टीट्यूशनलाइज़्ड। हर आइडियल एक पंख वाला होता है–दो पंख वाला सिर्फ़ इंसान होता है...

? : शायद इसीलिए जितने इज़्म बने, एक पंख से थोड़ी-सी दूर उड़कर गए, फिर हांफकर धरती पर आ गिरे...

बासू दा : एक और फ़ैसला भी मेरी जिंदगी में बहुत जल्दी आ गया था..."मैं

फुटबॉल का बहुत अच्छा खिलाड़ी था। मेरे शहर में कलकत्ता की एक टीम से मैच रखा गया, तो सबको मालूम था कि हम हारेंगे। एक स्कूल के बच्चों का उस टीम से क्या मुक़ाबला था! पर एक कौतुक हो गया। पहले पांच मिनट में ही मैंने गोल कर दिया...कोई बीस मिनट के लिए गेम बंद हो गया, लोग तालियां बजाते हुए आए और मुझे कंधों पर उठाकर घूमते रहे...जिंदगी में इतनी बड़ी जीत का–हज़ारों की भीड़ में और तालियों की गूंज में खड़े होने का–अजीब एहसास था। एकदम जीत का और एकदम हार का। लगा कि जहां किसी की जीत के लिए किसी की हार ज़रूरी है, वह खेल बुनियादी तौर पर ग़लत है। उस दिन के बाद से आज तक मैंने फुटबॉल नहीं खेला। इसमें 'स्पोर्ट्समेनशिप' वाली, जो सारी दुनिया की प्रसिद्ध कहावत है, वह दुनिया की सबसे बड़ी हिपोक्रेसी है। हारा हुआ आदमी, जब हंसना नहीं चाहता, हंसने के लिए मजबूर होता है। साथ ही वह यह भी सोच रहा होता है कि अगली बार जीतकर मुझे दूसरे को हराकर दिखाना है...

? : कला और साहित्य से संबंध रखने वाले दुनिया के जितने अवार्ड्स हैं, क्या उनकी बुनियाद भी मुर्ग़ों और बटेरों की लड़ाई देखना नहीं है?

बासू दा : बिल्कुल वही है। सिर्फ सोफ़िस्टीकेटेड रूप में। इसके विरुद्ध ज़रूर आवाज़ उठाना चाहिए...

? : बासु, जैसे आप ब्राह्मण के बारे में कह रहे थे कि उसका कर्म जब 'देना' से 'लेना' पर आ गया, उसका चरित्र बदल गया। उसी तरह कलाकार का कर्म रचना है, उसका बल देने में होता है, पर आर्थिक बल के ज़ोर से, या राजनीतिक बल के ज़ोर से जब उसे लेने वाली जगह पर खड़ा कर दिया जाता है, असल में उसी को बलहीन करने की साज़िश होती है...

बासू दा : बिल्कुल यही रियलाइज़ेशन थी, जो मुझे आई। एक तीसरी आंख मिली–स्पष्ट के पीछे जो अस्पष्ट है, उसे देखने की। सदियों से स्वीकृत अनेक कहावतें हैं, जिनसे मैं नफ़रत करता हूं, जैसे 'ऑनेस्टी इज़ द बेस्ट पॉलिसी...'

? : जहां ईमानदारी भी सहज ईमानदारी नहीं, एक पॉलिसी है...

बासू दा : बाप रे! जहां ईमानदारी को भी पॉलिसी बनाया हुआ है, वहां कितनी बड़ी हिपोक्रेसी है। इसी तरह 'एवरी थिंग इज़ फ़ेयर इन लव एण्ड वार..''

? : मुहब्बत और ज़लालत को एक ही स्तर पर ले आने की क्रिया... इसी तरह 'ही फ़ाल इन लव' एक फिक़रा है–जैसे मुहब्बत मन का शिखर न हो, कीचड़ से भरा हुआ एक गड्ढा हो, जिसमें आदमी गिर पड़ा हो...

बासू दा : जैसे कुछ लोग 'वार मांगर्स' होते हैं, उसी तरह. 'डिज़ायर मांगर्स' होते हैं, जो ऐसी ही कहावतें गढ़ा करते हैं। यही हिपोक्रेसी होती है, जो फिर आने वाली पीढ़ी को विरासत में मिलती है...

? : बासु, इस तीसरी आंख का चेतन एहसास आपको किस उम्र में हुआ था?

बासू दा : जिस आधार पर कुछ निर्माण हो रहा था, बन रहा था, उसका चेतन एहसास सोलह बरस की उम्र में हुआ था। मैं संस्कृति की महानता भी पहचान सका और उसके शून्य को भी...देख सका कि ब्राह्मण ईश्वर में लोगों का विश्वास जगा सकता है, खुद विश्वास नहीं करता। वह सिर्फ उसके नाम पर व्यापार करता है। ईश्वर उसके व्यापार का साझीदार है, जिसे वह प्यार नहीं करता। ईश्वर के लिए प्यार और विश्वास मैंने मां में देखा। ...जब छोटा था–मां ऊंची थी, मैं नीची जगह से उस ऊंची चीज़ की ओर देखता था। तब कुछ समझ में नहीं आया, पर जब मेरा क़द उसके क़द जितना हो गया, मैं सीधे उसकी आंखों में देख सका, तो मेरी एक प्राप्ति के समय, वह जब मुझे बांह से पकड़कर, शालिग्राम के कमरे में ले गई, ईश्वर को प्रणाम करने के लिए, तो मैंने उसकी आंखों में पड़ा हुआ विश्वास पहचान लिया...

? : फिर वह प्रणाम अपने ईश्वर को किया, या मां के ईश्वर को?

बासू दा : बिल्कुल मां के ईश्वर को, पर यह अपने बल पर खड़ा हुआ एक सच था, जो आज भी मेरा सच है। मेरी और ईश्वर की कभी नहीं बनी। सिर्फ़ इतना ही नहीं, वह शुरू से ही मेरा रक़ीब बन गया था। मेरी जो भी प्राप्ति होती थी, वह भगवान के नाम लगा दी जाती थी, और

मुझे गुस्सा आता था कि मेरी प्राप्ति मेरी क्यों नहीं समझी जाती...।

? : रिश्ता चाहे रक़ाबत का बना, पर यह बराबर खड़े होने का रिश्ता है, उसे अपने बराबर करने का, या खुद उसके बराबर होने का...

बासू दा : बिल्कुल यही रिश्ता है। इसकी जड़ मेरे अस्तित्व में है। इसीलिए राजनीतिक जद्दो-जहद में पड़कर भी मैं कोई वैसी बग़ावत नहीं सोच सकता, जो हर फ़ालतू चीज़ को मिटाने के कर्म में इस जड़ को भी मिटा दे...

? : पर बग़ावत का अमल सिर्फ़ वन ट्रैक माइंड के हाथों हो सकता है...

बासू दा : बिल्कुल वनट्रैक माइंड के हाथों, या माइंडलेस के हाथों...

? : माइंडलेस सिर्फ़ फ़ालोअर्स होते हैं, पर अगुआ माइंडलेस नहीं होता, वह सिर्फ़ वन ट्रैक माइंड होता है...

बासू दा : वह बग़ावत की अपनी ज़रूरत होती है, अपनी शर्त, उसके बिना, जिस अमल में से गुज़रना होता है, गुज़रा नहीं जा सकता... उसमें कई वे चीजें भी मिटानी होती हैं, जिन्हें मिटना नहीं चाहिए। मसलन–साइंस की उन्नति ने किसान को यह बताया कि सूरज सिर्फ़ आग का गोला है, जिसके गिर्द धरती घूमती है और दिन-रात बनते हैं, पर इस जानकारी ने किसान का सूरज से मुहब्बत का चमत्कारी रिश्ता तोड़ दिया। इसी तरह धरती से तोड़ दिया, हवा-पानी-आग से तोड़ दिया, और आख़ीर में क़द्रों-क़ीमतों से तोड़ दिया...अमृता जी, 'संस्कृत' शब्द की ख़ूबी को पहचाना नहीं गया। दुनिया की हर ज़बान देश और क़ौम के नाम पर बनी हुई है। रोमन रोम के लोगों की ज़बान, इंगलिश इग्लैंड के लोगों की ज़बान, ग्रीक ग्रीस के लोगों की, पर दुनिया में एक ही भाषा है 'संस्कृत' जो किसी स्थान या क़ौम से जुड़ी हुई नहीं है। संस्कृत के अर्थ हैं–शोधी हुई, सुधारी हुई।...इसी की तरह विद्या को ज़बर्दस्ती सिखाना हमारी संस्कृति में नहीं था, विद्या की प्राप्ति के लिए उसका पात्र बनना होता था, उसे धारण करने के योग्य।...आज की शिक्षा ज्ञान के लिए नहीं है, व्यापार के लिए है। इसमें पात्रता नहीं देखी जाती। जैसे आज कोई

डॉक्टर बनता है–इसलिए नहीं कि लोगों के दुःख-दर्द उससे सहन नहीं हो रहे हैं और वह लोगों को रोग-निवृत्त करना चाहता है–सिर्फ़ इसलिए कि उस व्यापार में पैसा है। आज हर चीज़ किसी आदर्श की धुरी पर नहीं, केवल पैसे की धुरी पर घूमती है...

[?] : बासु, आपने फ़िल्म-मेकर बनने का फ़ैसला किस उम्र में किया था?

बासू दा : सत्रह-अठारह बरस की उम्र में...

[?] : कारण?

बासू दा : ब्रिटिश कम्युनिस्ट पार्टी का सेक्रेटरी था–हैरी पॉलिट, वह कलकत्ता आया हुआ था। उसने बातें करते हुए कहा कि लोगों तक सीधे पहुंच सकने के लिए फ़िल्म से बड़ा माध्यम कोई नहीं है। यह माध्यम कैपिटलिस्टों ने अपने हाथ में लिया हुआ है...

[?] : पहले शायद आप अपने विचारों को व्यक्त करने के लिए सिर्फ़ नज़्में लिखते थे, फिर इस माध्यम को सोचा?

बासू दा : हां, बहुत कविताएं लिखी थीं। हर इतवार को दोस्तों की महफ़िल जमा करती थी, वहां पढ़ता था। कई बार बड़े लेखकों को बुलाकर उनसे कुछ सुना करते थे और बहस करते थे। कई बार उन्हें अपनी चीज़ें सुनाकर उनसे बहस करने के लिए कहते थे। फिर इस मीडियम की लगन लगी, तो उन दिनों की मशहूर फ़िल्में देखने लगा...

[?] : तकनीकी जानकारी कैसे ली?

बासू दा : यह बड़ी दिलचस्प घटना है। सबसे पहली ट्रेनिंग मैंने खुद अपने आप को दी थी। तब टेप-रिकॉर्डर आम चीज़ नहीं थी। सारे कलकत्ते में मुश्किल से दस-पांच होंगे। एक दोस्त के पास था, वह ले लिया। सोचा कि प्रोजेक्शन रूम में जाकर वहां के इंचार्ज से दोस्ती करके सारी फ़िल्म की आवाज़ टेप की जाए, फिर उसे एकान्त में बैठकर पांच-छह बार सुनकर आवाज़ के अनुसार उसके पात्र, उनकी वेशभूषा और इर्द-गिर्द का वातावरण, मन में सोच लिया जाए और फिर जाकर स्क्रीन पर फ़िल्म देखकर । उसके साथ अपने कल्पित दृश्यों को मिलाया जाए।

? : यह अजीब नया तरीक़ा है–आत्म-शिक्षण का, पात्र का तन-मन कल्पित करने का...

बासू दा : इस तरह ज़हन में एक पूरी-की-पूरी फ़िल्म तैयार हो जाती थी। फिर जो मैं स्क्रीन पर जाकर देखता था, उससे मुश्किल से ही कोई दृश्य मेल खाता था, नहीं तो वह बिल्कुल अलग फ़िल्म होती थी...

? : सो, इस तरह एक भावी निर्देशक का व्यक्तित्व बनने लगा। इसे मैं सही अर्थों में अपने पेशे का इश्क़ कहना चाहूंगी। मेरा ख्याल है, और किसी फ़िल्म-मेकर ने कभी इस नींव से नहीं शुरू किया होगा...

बासू दा : किसी ने नहीं...

? : जिंदगी में मुहब्बत का एहसास कब हुआ था? मेरे सवाल में 'कब' इतना महत्त्व नहीं रखता, 'किस तरह' ज़रूर रखता है...

बासू दा : इस पूरे सवाल का महत्त्व है। अपनी रगों में इसे जानने से पहले इसके बारे में मेरा एक दृष्टिकोण बन चुका था। एक तो यह कि 'यामा द पिट' किताब जब पढ़ी, मैं पूरा मार्क्सिस्ट था। लगा कि मुहब्बत एक ऐश-परस्ती है, अमीरी की फ़िज़ूलखर्ची, बुर्जुआ चलन। बड़ा भयंकर प्रभाव था, उस किताब का, और दूसरे, यह जान लिया था कि जो कभी कल्पवृक्ष होता था, आज उसका स्थान पैसे ने ले लिया है। आज के समय का कल्पवृक्ष पैसे को बना दिया गया है, जिससे हर चीज़ ख़रीदी जा सकती है। हर चीज़ बिकने लगी है। मानव भी, मानवी भी...अमृता जी, कैसा शब्द है मानवी. जिसका कोई पर्याय नहीं–सिर्फ़ औरत कहने से बात नहीं बनती। मैंने एक लम्बी कविता लिखी थी, जिसका सार यह था कि शहर की मंडी में जब सब कुछ बिकते देखा, तो मैंने उस मंडी से प्यार ख़रीदना चाहा। वह कहीं नहीं था। मंडी का एक हिस्सा भले ही वह था, जहां इच्छाओं के हाथों सब व्यापार था, और एक हिस्सा वह, जहां ज़रूरतों के हाथों, पर बिक्री का कर्म एक ही था। वहां से उदास होकर लौटने लगा था कि एक आवाज़ आई। आवाज़ जैसे जन्मों की पहचानी हुई हो...मैं आवाज़ की ओर मुड़ा। सारे समय क्योंकि मंडी में घूमता रहा था, मोल पूछता रहा था, इसलिए

अभ्यास वश उस आवाज़ से भी वही पूछा–"मोल क्या होगा?" जवाब मिला–"पता नहीं, पर कभी समय था, जब मैं अमोल थी...'

? : सो, विचार का यह स्पष्टीकरण मिल चुका था। फिर?

बासू दा : इप्टा में काम करता था। वहीं बिमल राय से दो-तीन बार भेंट हुई थी, और फिर मैं बिमल राय का असिस्टेंट बन चुका था, जब उनके घर में मेरा आदरणीय स्थान बना। उनकी बच्ची रिंकी मेरी समवयस्क नहीं थी, बच्ची थी, पर उसमें बहुत कुछ उम्र से बड़ा था, जिसके कारण मैं उसे कभी 'तू' नहीं कह सका था। 'आप' शब्द भी उसके लिए उपयुक्त नहीं था, इसलिए 'तुम' कहा करता था। तब बिमल राय प्रसिद्धि के शिखर पर थे, पर घर की बच्ची प्रसिद्धि की छाया में नहीं पल रही थी। उसका एक स्वतन्त्र अस्तित्व था। एक दिन मुझसे बोली–"माउंट मेरी के चर्च में मेरे साथ चलोगे?" किसी भी धार्मिक स्थान का, चाहे वह मन्दिर हो, चाहे चर्च, मेरे लिए वह महत्त्व कभी नहीं रहा, जो लोगों के लिए होता है, पर वह चर्च बहुत खूबसूरत जगह पर है। मैं उसके साथ जाने लगा, तो उसने पूछा–"चार आने होंगे?" मेरी जेब में कुछ पैसे थे, चार आने दे दिए। उसने दो मोमबत्तियां खरीदी और चर्च में जाकर एक मेरे हाथ में थमा दी। मैं हैरान था। उसने कहा–"मन में कोई कामना तो होगी, उसी की मनौती मनानी है..." मुझे उसका मासूम अंदाज़ अच्छा लग रहा था, पर जो सोच रहा था, वही कहा–"दुनिया में बहुत चीजें हैं, जो हासिल करना चाहता हूं, पर खुद ही करूंगा, ईश्वर से उसके लिए क्यों कहूंगा?" उसने चुपचाप दोनों मोमबत्तियां खुद जला लीं, और हम लौट आए।

मुझे अगले दिन कलकत्ता जाना था, चला गया। पहुंचने पर देखा, उसका एक ख़त आया हुआ है। मैं गाड़ी से गया था, ख़त हवाई जहाज़ से आया था, सो, मेरे पहुंचने से पहले पहुंच चुका था। अमृता जी, मैं ख़त की पहली पंक्ति ही पढ़कर हंस दिया। ख़त बंगला में था, जिसके संबोधन का अर्थ था–रेस्पेक्टेड सर।'

? : प्योर एण्ड पैसिव एप्रोच!

बासू दा : सचमुच इस संबोधन में एक प्योरिटी थी, प्योरिटी ऑफ़ इन्सीक्योरिटी वापस बम्बई आया तो बिमल दा के और असिस्टेंट भी थे–गुलज़ार, झालानी, देबू। हम सबने बिमल दा के घर जाकर चाय पीने का फ़ैसला किया। उनके घर में सिर्फ़ मेरा दाख़िला था, और किसी असिस्टेंट का नहीं था। हम मिलकर गए, तो बाहर से आवाज़ मुझे ही देनी थी, दी। रिंकी जब दौड़कर बाहर आई और फिर सबको देखकर जैसे ठिठक गई। उसके लाज से सिमट गए चेहरे की ओर देखकर मैं जान गया कि मैं इस लड़की से प्यार करने लगा हूं...

? : बासु, अब्राह्मण टीचर को जब प्रणाम किया था, उस इल्ज़ाम का जवाब आपने खोज लिया था–ब्राह्मण के तीन पिता वाली थ्योरी को सामने रखकर, शिक्षा-गुरु को अपना तीसरा पिता कहकर, पर अब्राह्मण ससुर को प्रणाम करने के समय वह इल्ज़ाम कैसे धारण किया? बाक़ी सबके लिए ससुर का रिश्ता क़ानून के अनुसार पिता का रिश्ता होता है, पर ब्राह्मण के लिए यह क़ानूनन पिता का रिश्ता होता है, या नहीं?

बासू दा : मेरे शिक्षा-गुरु असल मायनों में बिमल दा ही थे। उन्हें प्रणाम उसी रूप में किया था। वही शिक्षा-पिता थे, पर उन्हें मैं श्वसुर पिता के रूप में प्रणाम नहीं कर सका, समय ही नहीं आया...वहां तक पहुंचने के पहले बहुत कुछ हो गया...भयंकर ग़लतफ़हमियां। इस बार ब्राह्मण-समाज नहीं, एक और समाज सामने आया। कामों के ताने-बाने में जो भी तार उलझे हुए होते हैं, उनका अपना एक समाज होता है। वह साथी मिल, पीठ पीछे कुछ और हो जाते थे... यह सब कुछ भी दरगुज़र किया जा सकता था, क्योंकि बिमल दा के मन में ब्रिलिएन्ट प्रकार की एक पहचान थी, पर एक भयानक ग़लती हो गई। न मैंने अपनी आवाज़ होंठों पर आने दी, न उन्होंने। वह जो हमारे बीच बहता हुआ पानी था–दोनों किनारों को जो छूता हुआ—उस पर बर्फ की तह-सी जम गई थी। अमृता जी! मेरे मन का पहला ब्याह बिमल दा के व्यक्तित्व से ही हुआ था। रिंकी को भी इसीलिए प्यार कर सका कि वह बिमल दा का ही छोटा रूप थी।

एक ब्लंडर हो गया। अगर कभी वह न हुआ होता, तो आज सिर्फ़ ज़िंदगी का नहीं, फ़िल्म-क्षेत्र का इतिहास कुछ और होता...

? : सो, तीसरी आंख ज़िदगी में एक बार तीसरी आंख नहीं बनी?

बासू दा : बाप रे! यह न जाने कैसे हो गया, पर हो गया। मैंने बिमल दा के सामने इस्तीफ़ा रख दिया, और एक तरह से वतन में होते हुए भी जलावतन हो गया...

? : रिंकी से भी दूर?

बासू दा : हां, मन से नहीं, पर दूर हो गया। उनके और अपने इन्तज़ार को वक़्त के हवाले कर दिया।...वक़्त आया, उससे ब्याह किया, लेकिन सबकी गैरहाज़िरी में।

? : यानी सिर्फ़ अपनी हाज़िरी में?

बासू दा : अपनी हाज़िरी तो अपनी चुप के समय भी रही थी, पर जिसकी ग़ैरहाज़िरी होनी नहीं चाहिए थी, वह हो गई.. मेरी ज़िंदगी का वह वक़्त–मेरा सारी उम्र का पछतावा है...

? : बासू, इस 1979 के फ़िल्म फेस्टिवल के मौक़े पर आप इंटरनेशनल ऑर्गेनाइजेशन ऑफ़ क्रिएटिव फ़िल्म डायरेक्टर्स बनाना चाह रहे थे–वह बात कहां तक पहुंची है?

बासू दा : कई बैठकें हो चुकी हैं, बुनियादी तौर पर बहुत कुछ हो गया है, सिर्फ़ आख़िरी शक्ल में अभी ड्राफ्ट नहीं हुआ। वह बाद में भी हो सकता है, क्योंकि जो करना है, वह स्पष्ट है। उसके लिए खाली काग़ज़ों पर हस्ताक्षर करके मुझे सबने दे दिए हैं–सत्यजीत रे, मृणाल सेन, बेनेगल, ज्यूरी के चेयरमैन अपमैन सैम्बन ने भी, और जर्मनी, पोलैंड, हंगरी, बेल्जियम–जितने भी देशों से आए हुए डायरेक्टर्स हैं, उन्होंने भी–बाक़ी कोई मुश्किल नहीं है। कहीं कुछ मुश्किल नहीं, अगर इन्सान सचमुच करना चाहे। मैं इस घड़ी यही सोच रहा था–मैं अगर यह कर सकता हूं–वह विश्वास ले सकता हूं–जिसके लिए दुनिया के ये डायरेक्टर ख़ाली काग़ज़ों पर हस्ताक्षर करके मेरे हाथ में दे दें–मैंने बिमल दा के सामने एक ख़ामोश इस्तीफ़ा क्यों रख दिया...मेरा अपने

में और उनमें जो विश्वास था, वह क्या नहीं कर सकता था–सिर्फ कुछ शब्दों की ज़रूरत थी, जो होंठों से थोड़ा-सा परे खड़े रह गए

? : चुप खड़े हुए शब्दों का दर्द भी शायद तीसरी आंख के बिना देखा नहीं जा सकता था, और मुझे यक़ीन है, वे शब्द आपके हाथों 'तीसरी कसम' और 'आविष्कार' जैसी कई वे फ़िल्म बन जाएंगे, जो दर्शक को इन्सानी रिश्तों की गहराई में ले जाएंगे "फ़िल्म फ़ेस्टिवल में आए हुए पोलिश डायरेक्टर ज़ानूसी के शब्द आपकी उस नज़्म जैसे हैं, जो आपने मंडी में बिकने वाली हर चीज़ के बारे में लिखी थी। उसने भी कल प्रेस कांफ्रेंस में कहा कि आज के वक़्त में इन्सान की खुशी उतनी हो गई है, जितने वह पैसे ख़र्च कर सकता है, और मंडी में अब वह कोई खुशी नहीं रही–जो बेची और ख़रीदी जा सके...

बासू दा : इसीलिए अमृता जी, फ़िल्म डायरेक्टर्स इंटरनेशनल इस समय वक़्त की एक ज़रूरत बन गई है। यह मीडिया उनके हाथों में आना संभव होना चाहिए, जिनके पास विचार है, और उसे पेश करने की कला है... आज सचमुच सब कुछ उलटा हो चुका है... कला किस जिंदगी के लिए है? हमें इस प्रश्न-वाक्य का सामना करना है...

? : बासू, आप मार्क्सिज़्म से कैसे और किस जगह पर जुड़े हुए हैं?

बासू दा : जैसे ब्राह्मण चेतना से जुड़ा हुआ हूं। ब्राह्मणवाद और मार्क्सवाद प्रणा उता। दोनों एक 'रिएक्शन' से पैदा हुए हैं, अपनी 'इवोल्यूशन' में से से नहीं, पर दोनों की बुनियाद ब्रिलिएंट है। मार्क्सवादी चिन्तन यह न है कि जो भी जीव पैदा हुआ है, जिंदगी के साधनों पर उसका अधिकार है। यह अधिकार उसे 'देने' में नहीं, क्योंकि देने से कि वह छोटा रहेगा, यह अधिकार अपने सहज रूप में उसका अधिकार हो जाना है। यह सिर्फ 'इवोल्यूशन' का कर्म हो सकता है, रिएक्शन की प्राप्ति नहीं। इसी तरह बुद्धिज्म, क्रिश्चियनिटी, इस्लाम और कम्युनिज़्म रिएक्शन की उपज है, इवोल्यूशन की नहीं...

? : आपका मतलब है–बुद्ध, क्राइस्ट, मोहम्मद और मार्क्स 'इवोल्यूशन' का कर्म थे, पर प्रत्येक वाद रिएक्शन में से बना...

बासू दा : एक्जेक्टली; इसी तरह मैं स्वतन्त्रता के अर्थों को खोजता हूं। वह अधीनता की पकड़ को समझ लेने में है, पकड़ में से सिर्फ़ छूटने में नहीं...

? : मसलन?

बासू दा : जैसे हर नया जन्मा बच्चा पराधीन होता है, उसे अगर बाहरी ताक़तें हिफ़ाज़त न दें, वह 'सर्वाइव' नहीं कर सकता। उसके पलने का पूरा अमल दूसरों के सहारे है, पर वह जिन चीज़ों पर आश्रित है, वही उसके विकास की सहायक हैं। वह सारी अधीनता उसकी स्वतन्त्रता की तैयारी के लिए है, पर जवान होकर बाहरी शक्तियों की अधीनता से छूट जाना उसकी स्वतन्त्रता नहीं है। उसकी असल स्वतन्त्रता बाहरी शक्तियों के प्रयोग में है, प्रयोग की क्रिया में से उत्पन्न की हुई कृति में, क्रिएशन में...

? : रिएक्शन और इवोल्यूशन के बीच जो अन्तर है, उसका आपने जो स्पष्टीकरण किया है बासू, उसके लिए बहुत शुक्रिया!

बासू दा : एक भयंकर बात याद आ गई है–विद्यासागर एक महान व्यक्ति हुए हैं। बंगाल की विधवा का उन्होंने भयानक दुःख देखा था। समाज में विधवा-विवाह को प्रचलित करना चाहते थे, पर सिर्फ़ थ्योरी बनाकर नहीं। उनकी अपनी बेटी का जब ब्याह हुआ, बेटी ने विदाई प्रणाम किया, तो उन्होंने आशीर्वाद दिया–"तुम जल्दी विधवा हो जाओ!" लोग दांतों तले उंगली दबाकर रह गए, पर उन्होंने कहा–"जो प्रचलित करना चाहता हूं, वह दूसरे के घर से कैसे करूंगा!" और अजीब घटना यह हुई कि वह बच्ची बहुत जल्दी विधवा हो गई। उन्होंने उसका दूसरा विवाह किया, पर वह फिर बहुत जल्दी विधवा हो गई। उन्होंने बच्ची का तीसरा विवाह किया, पर वह फिर विधवा हो गई। अमृता जी, समाज में बेचैनी फैल गई कि यह आदमी कितने दिन ईश्वर की मर्जी से लड़ता रहेगा। सचमच वज्र टूट गया था, पर वह आदमी डोला नहीं। यह एक अजीब ऐतिहासिक उदाहरण है कि उस लड़की का सात बार विवाह किया गया, और सातों बार वह विधवा हो गई.. आख़ीर में लोग कहने लगे

कि ईश्वर के क़ानून को जीता नहीं जा सकता "पर साथ ही चिन्तन के इस इवोल्यूशन में से नया विश्वास बना कि विधवा विवाह हो सकता है, और समाज में एक स्वाभाविक तबदीली आनी शुरू हो गयी। आज यह तबदीली समाज के चिन्तन का अंग बन चुकी है। अनेक औरतें जिंदगी की भयानकता से बच गई हैं...आखिर इस तरह विद्यासागर के सामने ईश्वर हार गया...

? : यह बिल्कुल ऐसे ही है, जैसे कोई क्रान्ति कई बार असफल हो गई हो, पर क्रान्ति में विश्वास कभी न हारा हो

बासू दा : पर यह विश्वास जो इवोल्यूशन के लिए सहज होता है, उसका का अपना अंग, यह किसी रिएक्शन की क़िस्मत में नहीं होता।

आज बासू नहीं हैं, पर कहीं उनकी आवाज़ हवा में ठहरी हुई है...

वे बहुत बड़े कलाकार थे, फ़िल्म के क्षेत्र में, लेकिन मैं कह सकती हूं कि जिस क़द्र वे गहराई में उतर जाते थे, बातें करते थे, और जिस क़द्र वे अपने को स्क्रीन पर उतार सकते थे, उतारने की क़ाबलियत रखते थे, वो वक़्त अभी आया नहीं था कि वे कहीं भीतर से इतना टूट गए कि उस टूटने के जो कंकर थे, उन्होंने बहुत ख़ामोशी से अपने हलक में उतार लिए, पर बोले नहीं, और फिर ज़िंदगी ने और वक़्त देने से इनकार कर दिया...

उनकी 'आविष्कार' फ़िल्म अच्छी चलने लगी, तो पहली बार उनके मन में गाड़ी लेने का ख्याल आया। तब तक उनके पास अपनी गाड़ी नहीं थी। उन दिनों वे हमारे घर में ही ठहरे हुए थे। एक दिन इमरोज़ से कहने लगे-"चलो गाड़ी खरीद लाएं।"

गाड़ी ख़रीद ली, उन्होंने तो सवाल था गाड़ी को मुंबई ले जाने का। उन्हें तब ड्राइविंग नहीं आती थी। कहने लगे-"इतना लम्बा सफ़र किसी गैर के साथ करना अच्छा नहीं लगेगा, कोई ड्राइवर किराए पर लूंगा, तो इतना लम्बा सफ़र कैसे कटेगा। ऐसा करो इमरोज़ आप ड्राइव करो, अमृता भी साथ चलेंगी, रास्ते में दो रात कहीं ठहरना होगा, बातें करते हुए सफ़र बहुत अच्छा रहेगा।"

वो सफ़र भी मैंने और इमरोज़ ने उनके साथ किया, फिर जब 'डाकू' फ़िल्म बन रही थी, वहां मध्य प्रदेश के शेवड़ा गांव में शूटिंग हुई। कहानी मेरी थी, इसलिए मैं और इमरोज़ क़रीब एक महीना बासू के साथ रहे।

वहां शेवड़ा गांव में एक दिन अजीब घटना हुई। नदी के किनारे शूटिंग चल रही थी, गांव वाले भी देखने आए हुए थे, तब लोगों का दिल बहलाने के लिए फ़िल्म के प्रोड्यूसर राजहंस जी ने उस फ़िल्म के गीत बजवाने शुरू कर दिए। उनमें से दो गीत मेरे लिखे हुए थे, जो लता मंगेशकर और रफ़ी की आवाज़ में थे। वे रिकार्ड जब बज रहे थे, तब एक दुबला-पतला-सा आदमी मेरे पास आया, पूछने लगा–"बहन जी, ये जो गाने बज रहे हैं, आपके लिखे हुए हैं? लोग कह रहे थे, कहानी भी आपने लिखी है।"

मैंने सरसरी तौर पर कहा–"जी हां, और वो आदमी नमस्कार करके चल दिया।"

इतने में उस गांव के एक वकील थे, वे मेरे पास आए, कहने लगे–"अभी-अभी जो आदमी आपसे बात कर रहा था, आप नहीं जानती कि वो कौन था। वो यहां का मशहूर डाकू देवीलाल है, जमानत पर आया हुआ है, उससे ज़्यादा बात न कीजिएगा, ख़तरनाक डाकू है।"

तब मैंने भीड़ में से उसे खोज़ लिया, कहा–"देवीलाल जी, अभी शूटिंग के बाद हम लोग उस सामने के किले में जाएंगे, जहां ठहरे हुए हैं। आप हमारे साथ चलेंगे, चाय पीने के लिए?" :

कहानी लिखने वाले के लिए यह एक बहुत बड़ा मौक़ा था, एक नई ज़मीन पर कुछ लिखने का और मेरे अन्दर का जो कहानीकार था, उसने एक डाकू को एक तरह दावत दे दी, क़रीब आने की।

उसने इनकार नहीं किया और किले में आकर हम लोगों के साथ पूरी खाई, चाय पी, तब मैंने अकेले में बैठकर उस डाकू देवीलाल से लम्बी बातें करते हुए उसकी जिंदगी के हालात लिखे। उसी दिन उसने कहा–"यहां कुछ दूर जंगल में वो शिकारगाह है, जहां राजा लोग शिकार किया करते थे। बहन जी! आप वो शिकारगाह देखना चाहेंगी?"

मैंने कहा–"अच्छी बात है, बासू दा से भी पूछती हूं।"

और जब पूछा, वो कहने लगे–"ये तो मज़े की बात है। बहुत सुबह चलें, जंगल में उगते हुए सूरज की रौशनी देखने वाली होती है।"

शूटिंग के लिए हमें एक गाड़ी और ड्राइवर मिला हुआ था, इसलिए मैं, इमरोज़ और बासू हम तीनों सुबह-सुबह देवीलाल डाकू के साथ जंगल में चले गए।

वो सारा इलाका डाकुओं का है, इसलिए सब लोगों की हिफ़ाज़त के लिए वहां

की पुलिस ने कुछ बन्दोबस्त किया हुआ था, लेकिन उस रोज़ जब पुलिस वाले वक़्त पर आए, तब तक हम लोग किले से जा चुके थे, और पुलिस वाले माथा पकड़कर बैठ गए कि आज हम तीनों जिंदा वापस नहीं आएंगे। वो देवीलाल बहुत बड़ी फ़िरौती मांगेगा, हम तीनों को अपने कब्जे से वापस देने के लिए।

और उधर हम लोग जंगल का पत्ता-पत्ता सुबह की रौशनी में खिलता चमकता देखकर उस देवीलाल का शुक्रिया अदा कर रहे थे। मैं कई जंगली फूलों के नाम देवीलाल से पूछती रही, और वह बड़ी संजीदगी से बातें करता हुआ, फूलों के नाम बताता था। उन्हीं फूलों के नाम से मैंने अपने नॉवल 'कोई नहीं जानता' के लिए वहां हिन्दी में एक गीत लिखा–

छियोला फूल्यो रे–
लाल फूलन के रंग में तू
रंग ले चुनरिया, रंग ले उमरिया
छियोला फूल्यो रे!

पत्तियन चिलोर की
तू झुमका बनाई ले,
ऐंया रियाई ले
छियोला फूल्यो रे!

मैं इतमीनान से कुछ फूलों को बालों में टांगती रही और वो देवीलाल बहुत खिले हुए सुर्ख फूल तोड़कर मेरे लिए लाता रहा।

वहीं बासू दा ने कहा–"यहां कहीं पानी महल भी है। अमृता जी, हम लोग बहुत दिन यहां रहें। आप कहानी लिखना, गीत लिखना और मैं पानी महल में बैठकर शूटिंग करूंगा। कोई ऐसी कहानी हो, जो रहस्य से भरी हो। कुछ पूर्व जन्म की बात उसमें आए, मोहब्बत की किसी टूटी हुई कड़ी की बात, जिसमें कोई खो जाए और गाता रहे..."

और इस तरह सपनों में खोए हुए हम लोग जब वापस आए, पुलिस वाले कह रहे थे–"यक़ीन नहीं आता कि आप लोग ज़िंदा आ गए? देवीलाल ने कुछ नहीं किया?"

और इस बात पर बासू दा बहुत देर उस विश्वास की बातें करते रहे, जो कभी-कभी जादू जगा सकता है...कहते, "हमने देवीलाल पर विश्वास किया था, उसने

विश्वास रख लिया, इसमें हैरानी की क्या बात है।"

और यही कोई विश्वास था, जो उनकी जिंदगी में टूट गया। उनकी पत्नी रिंकी ने जब उनसे अलग हो जाना चाहा, मुक़दमा भी चलता रहा, तब उस टूटन को लेकर बासू जिस तरह ख़ामोश हो गए, पूरे दर्द को पी लिया, वो सब उनकी जिंदगी के लिए ख़तरा-सा बनता गया...

वो सचमुच अपनी पत्नी से बहुत प्यार करते थे. एक रात की बात याद आती है, तो आज भी मन भर आता है। उस शाम वो दिल्ली आए थे, पास में सिर्फ एक थैला था। मैंने कहा–"ये थैला लाइब्रेरी में रख देते हैं, आप आराम से बैठिए।"

उन्होंने कहा, "नहीं, यही तो बचा है, लिए-लिए फिरता हूं।"

उस शाम वे मेरे कमरे में फ़र्श पर ही बैठे रहे। हम लोगों ने चाय पी, पर उन्होंने कुछ खाने से इनकार कर दिया। शाम गहरी होने लगी, तो थैले को खोलकर बैठ गए, कहने लगे–"रिंकी की एक पुरानी आदत है कि वो जब किसी को चिट्ठी लिखती है, पहले रफ़ ड्राफ़्ट करती है, उसने चिट्ठियां तो जिनकी लिखीं वे सब पोस्ट हो गईं, लेकिन घर की टूटन में कहीं उन चिट्ठियों के रफ़ ड्राफ़्ट्स का बंडल उससे छूट गया। वही मेरे पास है..."

और वे एक-एक चिट्ठी को लेकर पढ़ते जाते, जिनमें उनसे दूर जाने की कई बातें थीं। किसी-किसी वक़्त वे हैरान से एक ही फ़िकरा बोलते–"देखो, अमृता जी, क्या हो गया?"

सिर्फ एक बार उन्होंने बड़ी हसरत से कहा–"मैं इस तरह जीना चाहता था, सहज, और जिसमें हर सांस विश्वास से भरी हो, जिस तरह आप और इमरोज़ जीते हैं।"

उन्होंने वो सब अख़बार पढ़े थे, जिनमें उनके खिलाफ़ जाने क्या-क्या लिखा गया था, लेकिन उन्होंने एक बार भी रिंकी के ख़िलाफ़ कुछ नहीं कहा। कभी कहते तो इतना ही कहते, "मैंने उससे प्यार किया, मैं उसके ख़िलाफ़ कुछ नहीं कह सकता।"

और एहसास होता है कि जिस दर्द को उन्होंने ख़ामोशी से पी लिया, वो जिंदगी नहीं झेल सकती थी...

• • •